La vie en rose

D1146583

Gudule

La vie en rose

ÉDITIONS FRANCE LOISIRS

Édition du Club France Loisirs,
avec l'autorisation des Éditions Grasset et Fasquelle.

Éditions France Loisirs
123, boulevard de Grenelle, Paris
www.franceloisirs.com

© Éditions Grasset & Fasquelle, 2003.
ISBN : 2-7441-6740-1

A Violette.

Avant-propos

Je vous entends d'ici : « Gudule exagère ! Des ado-lescentes aussi naïves, crédules – en un mot, aussi connes ! –, ça n'existe pas, voyons ! ça ne peut pas exister ! » Hélas, si. D'autant que Rose ne sort pas de mon imagination. J'ai tracé, le plus fidèlement pos-sible, le portrait d'une personne réelle : moi-même, à quinze ans. Et son histoire, MON histoire, pour invrai-semblable qu'elle puisse paraître, est authentique au détail près. J'ai beau détester les proverbes – qui sont, pour moi, non l'expression de la sagesse populaire ainsi qu'on se plaît à le dire, mais un alibi aux pires comportements –, il en est un qui, dans ce cas, s'impose : La réalité dépasse la fiction.

Je vous l'avoue, jamais je n'aurais osé inventer un roman comme celui-ci : personne n'y aurait cru, à commencer par moi. Cette situation m'aurait semblé artificielle, fabriquée, ses péripéties outrancières. Quant à l'héroïne principale... Lorsque je crée mes personnages, je tente de les rendre les plus véridiques possible, afin que mes lecteurs s'identifient à eux. Je leur donne des réactions proches des vôtres, je mets dans leurs bouches des mots que vous auriez pu

9

prononcer. Or, Rose est tout le contraire. Elle ne cherche pas à « faire vrai », elle « est » vraie – c'est sans doute pour cela qu'elle semble si peu crédible.

Sauf si on la replace dans son contexte.

Essayons ensemble. Au début des années soixante, rares sont les foyers qui possèdent une télévision. On se contente d'écouter la radio et, surtout, de lire. Cela n'ouvre pas particulièrement l'esprit – ou plutôt si, ça l'ouvre, mais pas aux réalités tangibles. Rose, grande lectrice s'il en est, a pour critères ceux des auteurs de ses bouquins, c'est-à-dire, pour la plupart, des écrivains du XIXᵉ siècle. Elle est pétrie de grandes idées romanesques, et ce sont ces idées qui lui dictent sa conduite. Par ailleurs, ses parents, petits commerçants dans un quartier tranquille à la périphérie de Bruxelles, vivent repliés sur eux-mêmes, leur train-train quotidien, leurs préjugés, leurs croyances désuètes. Cela non plus n'ouvre pas l'esprit. Pas plus que l'éducation des Sœurs... Afin de s'évader de cet étouffant cocon, Rose n'a d'autre choix que de plonger dans ses rêves. Et quand la réalité la rejoint, la bouscule, la violente, elle y répond en indécrottable rêveuse.

La conscience, l'analyse, la réflexion viendront plus tard. Après Mai 68, qui va faire évoluer les mentalités, propager des idées, briser des tabous. L'aventure de Rose n'est possible qu'à son époque, pas à la vôtre.

En revanche...

En revanche, malgré tout ce qui la sépare de vous, Rose est avant tout une adolescente. Ce qu'elle ressent, ce qui la fait hurler, rire, pleurer, vous *l'éprouvez aussi, à votre manière. Ses sentiments, ses émerveillements, ses doutes, ses révoltes, sont éternels. Voilà pourquoi, par-delà ce qui vous sépare – deux générations très exactement ! – je suis convaincue que ses émotions trouveront un écho en vous. Et que cette petite fille, en âge, aujourd'hui, d'être votre grand-mère, vous touchera.*

C'est, en tout cas, mon vœu le plus cher.

1

Rose n'était pas jolie, ça, non ! Le genre souffreteuse à la limite de l'anorexie. Un nez trop long, des lèvres trop minces, une petite tête aux cheveux ras posée sur un frêle cou de victime, pas de seins, pas de hanches... Bref, une allure pitoyablement androgyne alors que l'époque prônait les stars mamelues, à la taille fine et au fessier avantageux. Tragique disgrâce pour une adolescente qui se sentait la fibre d'une grande séductrice ! Car Rose jouissait, malgré son physique ingrat, d'une nature follement romanesque et – ceci explique sans doute cela – d'une fringale de lecture dépourvue de tout discernement. Elle dévorait avec une égale boulimie chefs-d'œuvre ou nanars, barbotant vingt-quatre heures sur vingt-quatre dans ses rêves. Rêves, précisons-le, du fait de la teneur de la bibliothèque familiale (dont les ouvrages dataient quelque peu) en total décalage avec son époque, les années soixante. Ajoutons qu'au moment où se situe l'action, elle avait presque seize ans, et venait d'entrer en troisième latine chez les Sœurs de la Trinité, à Bruxelles, Belgique.

Chaque matin, Rose passait chercher Monique à la pâtisserie de ses parents, qui se trouvait sur le chemin de l'école, et elles faisaient la route ensemble. Monique possédait tout ce qui manquait à Rose : un visage rond pourvu de deux larges yeux de biche, une chevelure abondante et soyeuse, un esprit bien ancré dans la réalité. Et, par-dessus tout, elle plaisait aux garçons.

Ce dernier point emplissait Rose d'une sourde jalousie, d'autant que Monique n'en avait cure : œillades et compliments la laissaient de marbre. Et, comble du comble, plutôt que de bomber orgueilleusement le torse lorsqu'un passant la reluquait d'un peu trop près, elle soupirait avec agacement. La pauvre Rose, quant à elle, eût donné n'importe quoi pour qu'on « l'importune » de la sorte, mais hélas, le sexe fort se souciait d'elle comme d'une guigne. La vie est mal faite, quelquefois.

Toutes deux se rendaient en classe bras dessus, bras dessous en grignotant des meringues (la spécialité de chez Monique, qui en emportait chaque matin un petit sachet : les cassées, invendables). La bouche pleine, elles traversaient le carrefour du Trône, empruntaient l'avenue Victor-Hugo et, parvenues devant le numéro 22, se poussaient du coude en gloussant. Car, à la fenêtre du rez-de-chaussée, il y avait... POLOCHON. (Le surnom était de Monique.)

La cinquantaine bien en chair, le cheveu clairsemé, une moustache poivre et sel à la Brassens, il se tenait là, dominant le trottoir de son ventre en fumant placidement une bien étrange pipe. Le fourreau avait été scié puis recollé, de manière à défier la logique : les deux tronçons n'étaient pas dans le prolongement l'un de l'autre, mais superposés et attachés par une fichelle.

Cette pipe fascinait les gamines. Son propriétaire également, dont un tel objet laissait entrevoir la fantaisie et présager une foule d'autres inventions déli-rantes. Comment ne pas, dès lors, considérer le 22 avenue Victor-Hugo comme l'étape essentielle de leur trajet matinal ?

Les cours se passaient en fous rires et en griffonnages dont le gros homme était la vedette. Monique, qui avait un joli coup de crayon, le représentait dans toutes les situations possibles : Polochon à vélo, Polochon dansant le twist, Polochon sautant à la corde, Polochon cosmonaute, mousquetaire, explorateur, écossais. A chaque nouvelle trouvaille, les fillettes s'esclaffaient – ce qui leur valait, dans le meilleur des cas, un regard noir des profs, et dans le pire, d'être séparées et envoyées chacune à un bout de la classe. Qu'importe, seul comptait le résultat. Parce que ces œuvres avaient un but, et non des moindres : titiller Polochon.

Tous les soirs, en repassant devant chez lui, elles glissaient furtivement le meilleur dessin dans sa boîte aux lettres. L'idée leur était venue quelques semaines plus tôt, et avait vite tourné au rite. Pas seulement pour elles, pour Polochon aussi.

Pour Polochon surtout !

Après l'étonnement, puis l'amusement du début, il y avait pris goût. Un goût immodéré. Chaque jour, il guettait, sur des charbons ardents, la provocation quotidienne. C'était devenu le pivot, le but de son existence. Dans leur candeur, Rose et Monique se figuraient le faire sourire ; elles le mettaient en transe. Ce qu'elles prenaient naïvement pour un message complice – tu nous fais rire avec ta pipe, on te répond sur le même ton, tu vois que, nous aussi, on sait être drôles ! – était perçu comme un appel d'une tout autre nature. A partir de 4 heures, le gros homme, tapi derrière sa porte, attendait, le cœur battant, le double pas pressé, les rires étouffés, le bref arrêt à sa hauteur, le papier qui tombe dans la boîte aux lettres, puis les rires qui s'éloignent, et enfin le silence.

Alors, alors seulement, il prenait le dessin pour le poser sur la cheminée près de celui de la veille, de l'avant-veille et des jours précédents, maniaquement rangés par ordre chronologique. Et passait le reste de la journée à les regarder, d'heure en heure plus troublé, plus excité et, oserais-je le dire ?, plus amoureux.

Oui, amoureux, le mot est lâché.

Polochon amoureux... Ce gag n'avait, par chance, pas effleuré Monique. Comment l'eût-elle représenté ? A genoux, un bouquet de fleurs à la main ? Ou une flèche plantée dans les fesses par un dieu Cupidon farceur ?

Au fait, qui était-il donc, cet homme sur le retour, victime involontaire (mais combien consentante, combien reconnaissante !) du démon de midi ?

Louis De Backer, relieur d'art de son état. Divorcé. Occupant depuis plus de vingt ans un grand atelier encombré de livres, avec sa femme et son fils tout d'abord, puis, à présent, seul. Peignant également – de fort mauvais tableaux ! – et, à ses heures, écrivant des poèmes. Bref, un artiste qui, comme nombre d'artistes, croyait au Père Noël, surtout quand celui-ci prenait le mignon visage de deux aguichantes fillettes, prêtes à lui tomber toutes cuites dans le bec !

2

Un matin, coup de théâtre : lorsque Rose se pointe à la pâtisserie, sa copine l'accueille avec des mines de conspiratrice.

« Polochon m'a parlé !

– Ah ? Qu'est-ce qu'il t'a dit ?

– Juste bonjour. Puis il m'a demandé comment je m'appelais.

– C'est tout ?

– Ben... oui. Et tu ne connais pas la meilleure ? Il a un défaut de prononciation.

– Sans blague... Quoi, comme défaut ?

– Il zozote. Ça le rend encore plus marrant ! »

Le dessin du jour s'intitulera : Polochon ministre, et représentera le gros homme à la tribune, clamant, dans une bulle de B.D. : *Mes ssers conchitoyens !*

« Tu ne crois pas qu'il risque de se vexer ? », s'inquiète Rose.

Monique hausse les épaules : Polochon a le sens de l'humour oui ou non ?

En effet, il prend très bien la chose et, le soir même, félicite chaudement l'auteur.

« Il t'a encore parlé ? s'effare Rose lorsque Monique

la met au courant. Pourquoi il profite toujours de ce que je ne suis pas là ?

– Parce qu'on est voisins, tiens ! Je te signale qu'il habite à cinquante mètres de chez moi, et en face de l'épicerie, en plus. Alors, forcément, on se rencontre... »

Rose a un petit pincement au cœur. Elle se sent en dehors du coup, soudain. La troisième roue du char.

« Il était à sa fenêtre au moment où je suis passée et m'a fait signe, précise Monique, à mille lieues de ces affres.

– Ah bon ? Bizarre, ça : il n'y est que le matin, d'habitude ! »

Quelque chose dans le ton met Monique en alerte. Comme une sorte de défiance.

« Et tu as traversé pour aller le rejoindre ? », poursuit Rose, les sourcils froncés.

Cette fois, la défiance ne fait plus aucun doute. Ni les obscurs sous-entendus qu'elle véhicule.

« Non, c'est lui qui est venu, répond sèchement Monique. Il avait besoin d'huile. Ça va, l'interrogatoire est fini ou tu veux encore des détails ? La marque de sa bouteille, par exemple, ou combien l'épicier lui a rendu de monnaie ? »

Prudemment, Rose se défile.

« Oh, moi, ce que j'en dis, c'est surtout pour toi !

– Pourquoi, pour moi ?

– Des fois qu'il te draguerait... »

Pan, dans le mille ! En croyant lancer une pique, Rose vient, à son insu, de faire preuve d'une surprenante lucidité. Polochon, en effet, a jeté son dévolu sur

Monique. Au départ, c'était le duo qui l'émoustillait, mais ses sentiments ont évolué, faisant place à des pulsions plus profondes, plus intimes. Plus urgentes aussi : il y a si longtemps qu'il est célibataire... N'ayant aucun goût pour la bigamie, il focalise maintenant sur la plus attirante, quitte à se rabattre sur l'autre en cas d'échec.

La suite des événements se déroule à l'accéléré, comme dans les films muets. Polochon et Monique se revoient une fois, deux fois, discutent sur le trottoir. Il l'invite à prendre un café au bar voisin, elle accepte. Le lendemain, il l'emmène chez lui goûter des spécialités espagnoles, sortes de sablés couverts de sucre glace appelés *polvorone mantecados*. Elle apprécie.

« Nous avons les mêmes goûts, roucoule-t-il, radieux. Ces gâteaux, je m'en ferais mourir d'indigestion ! »

Et, malgré ses protestations (pour la forme), il la ressert.

« Reviens en manger quand tu voudras, j'en ai toujours : je les ramène directement de Barcelone.

— Vous y allez souvent ?

— Très : l'Espagne est ma seconde patrie.

— Alors, d'accord ! »

Une semaine plus tard, entre deux bouchées, il lui avoue son amour – ce qui ne l'étonne qu'à moitié mais la prend néanmoins de court. Elle demande à réfléchir.

« Non ? ! ? souffle Rose en apprenant la grande nouvelle. Qu'est-ce que tu vas faire ? »

Ça, Monique n'en sait rien. Bien que cet intérêt la flatte, venant d'un homme aussi exceptionnel (et qui la préfère à sa meilleure amie, ce qui est toujours agréable, même si cette dernière n'a rien d'un canon), elle s'imagine mal sortir avec lui : déjà que les jeunes ne la tentent pas outre mesure, alors, quelqu'un en âge d'être son grand-père !

Bref, elle est bien embarrassée.

Et son embarras ne fait que croître et embellir quand il lui demande de l'épouser !

Là, Rose en reste carrément sur le cul !

« Tu me fais marcher !

– Croix de bois croix de fer ! Il m'a déclaré texto : *Ça te plairait qu'on se marie ?* Et fallait voir ses yeux : le regard d'un cocker qui réclame un sucre ! »

Sciée, la Rose ! Au point qu'elle en bégaie !

« Et tu... tu comptes accepter ?

– Ben... je ne crois pas. D'abord, mes parents s'y opposeraient : je suis bien trop jeune, j'ai mes études à terminer. Et puis, honnêtement, il n'est pas très sexy... »

Ça, c'est le moins qu'on puisse dire. Rose approuve avec énergie.

« Tu vas rompre, alors ?

– L'ennui, c'est que je n'ai pas envie non plus. J'aime bien être avec lui, il n'arrête pas de me faire des cadeaux. Hier, il m'a donné un carton à dessin en cuir fabriqué main, une vraie splendeur. La veille, c'était un bracelet d'esclave orientale. La veille, encore, du parfum, un collier... Je n'ai même pas le temps d'émettre un désir qu'il le réalise. Me priver de ça, ce serait du gâchis ! »

Bien que le raisonnement se tienne, il choque Rose. L'amour, pour elle, c'est tout ou rien. Ou on se donne corps et âme sans rien garder pour soi, ou on refuse même un sourire.

« Tu changerais peut-être d'avis si tu étais à ma place, la rabroue sa copine. Les choses ne sont pas aussi simples !

— Tout de même, je trouve que tu y vas un peu fort. Tu as l'intention de le laisser mariner longtemps ?

— Oui... non... à vrai dire, je n'en ai pas la moindre idée...

— Et s'il veut te... hum hum ?

— Pas de danger ! Il m'a juré de ne pas me toucher avant le mariage : il a toujours respecté ses fiancées...

— On ne peut pas rester " fiancés " éternellement !

— Pourquoi pas ? Enfin... pas éternellement, jusqu'à ce que j'en aie marre de lui, tout simplement ! »

Geste de jeter une épluchure derrière son dos.

« Mais lui, insiste Rose, lui, qu'est-ce qu'il veut au juste ?

— Moi, tiens, cette question !

— Et il ne t'aura jamais ?

— Bien sûr que non.

— Alors, c'est dégueulasse. Au moins, sois claire avec lui, ne le laisse pas espérer pour rien ! »

Ce qu'elle est pénible, des fois, celle-là ! Une vraie mère-la-morale !

« Laisse tomber, tu veux ? siffle Monique. On en reparlera le jour où ça t'arrivera ! »

La réflexion ramène Rose à sa propre disgrâce – et lui rabat le caquet.

« Ce n'est pas demain la veille, soupire-t-elle.

— Sans commentaire ! », approuve Monique, trop heureuse de clore la discussion à son avantage.

3

Le mercredi suivant.

« Tu viens à l'atelier, cet après-midi ? », propose Monique à Rose.

En l'espace d'une semaine, elle a pris possession des lieux avec une jubilation qui frise l'inconscience et met Rose mal à l'aise. Mais chatouille sa curiosité et, bien qu'elle s'en défende, l'attire et la fascine.

Cette fascination balaie ses réticences.

« Ouais, d'accord ! »

Monique se rengorge. Un refus l'eût ulcérée. Elle n'est pas de ceux qui pensent : *Pour vivre heureux vivons cachés*, au contraire : pour elle, la force du bonheur réside dans son exhibition. Sans témoin – sans *spectateur* – ce qui lui arrive perdrait une bonne partie de son attrait. C'est dans le regard de l'autre (surtout si cet autre est votre meilleure amie, et si son regard se teinte d'envie !) qu'une belle aventure prend tout son éclat.

Ça aussi dérange Rose. Cet emploi de faire-valoir qu'elle n'analyse pas mais sent confusément, l'humilie. La place d'honneur, celle de l'héroïne, conviendrait mieux à son tempérament. Mais d'autres ont décidé pour elle, alors tant pis, mieux vaut un rôle subalterne que pas de rôle du tout.

Voilà pourquoi, durant le déjeuner, elle invente un mensonge plus gros qu'elle. Si gros que ses parents ne peuvent que le gober.

« A 2 heures, je dois aller à la maison de retraite.

– Tiens ? s'étonne sa mère. Nous ne sommes pas le premier mercredi du mois.

– C'est pour préparer la fête de la semaine prochaine, tu sais, la Saint-Gérard... »

Non, sa mère ne sait pas, et pour cause : cette fête n'existe pas, Rose vient de l'inventer.

Emportée par l'inspiration, la jeune fille peaufine son alibi, l'enrichit de détails qui le crédibilisent. Le groupe de bénévoles recrutés par la paroisse pour distraire les vieux – et dont elle fait partie en dilettante – a décidé de se mobiliser.

« On ne pouvait pas laisser passer la Saint-Gérard comme ça, sans marquer le coup : c'est quand même leur patron, aux papys et aux mamies ! Alors, on a prévu un spectacle pendant le goûter. Mais il n'est pas encore au point, faut qu'on répète...

– Tu ne nous avais rien dit, petite cachottière, s'étonne sa mère.

– Je n'y pensais plus, c'est Monique qui me l'a rappelé ce matin, en classe.

– Et que fais-tu, toi, dans ce spectacle ?

– Euh... je chante.

– Ah ? Quoi donc ?

– Du Brassens. »

C'est sorti tout seul, sans qu'elle le veuille

vraiment. Par association d'idées. Lorsqu'elle le réalise, ça la chiffonne.

« *Elle est à toi, cette chanson, / Toi l'étranger qui, sans façon / M'a donné quatre bouts de bois / Quand dans ma vie il faisait froid...*, fredonne-t-elle pour cacher son trouble.

– Tu as vraiment un joli brin de voix », sourit son père.

Une demi-heure plus tard, ayant troqué son uniforme bleu marine contre un blue-jean et un pull à col roulé, Rose s'éclipse.

« Ce pantalon te donne bien mauvais genre, lui crie sa mère du pas de la porte. Pourquoi ne mets-tu pas plutôt ta jupe écossaise et ton chemisier blanc ? Pour monter sur scène, c'est tout indiqué ! »

Rose ne prend même pas la peine de ralentir.

« Je préfère être à l'aise ! lance-t-elle par-dessus son épaule.

– Peut-être, mais ce n'est pas très féminin, ni très respectueux envers monsieur le Curé...

– Il n'assiste jamais aux répétitions ! »

La fin de sa phrase se perd dans le brouhaha de la rue.

Si Rose avait, nous l'avons vu plus haut, quelques a priori envers cette visite, ils fondent comme neige au soleil sitôt le seuil de l'atelier franchi. Imaginez trois vastes pièces en enfilade, plafonds moulurés, parquets cirés, murs garnis d'éditions rares. Dans un coin, une presse ancienne. Dans l'autre, un établi où s'aligne toute une gamme de mystérieux outils. A droite, un gigantesque massicot, à gauche, un chevalet portant une toile inachevée. Au bout, derrière le lit, une fenêtre donnant sur un jardin. Le tout empreint d'un joyeux désordre, au son criard d'une musique folklorique espagnole, mise à fond.

Telle Alice à l'orée du Pays des Merveilles, Rose, subjuguée, se fige.

« Magnifique ! », souffle-t-elle.

L'inverse, en fait, de l'intérieur petit-bourgeois de ses parents qui paraît, par contraste, encore plus conventionnel, plus minable.

« J'adorerais habiter dans un endroit pareil ! »

Deux rires satisfaits s'élèvent en écho : celui, flûté, de Monique, et le second, plus grave, suivi d'un « Bienvenue chez nous » légèrement zozotant.

« C'est qui, " nous " ? se demande Rose que ce pluriel inattendu intrigue. Lui et Monique ? »

L'attitude de cette dernière confirme. Elle est ici chez elle. « Qu'a-t-elle fait pour mériter ça ? »

Rose n'ose même pas l'envisager. A-t-il fallu qu'elle se laisse embrasser, ou plus ?

Non, c'est impossible, Monique *ne peut pas* avoir accepté une chose pareille ! Il est trop gros, ce gros. Trop vieux. Sa moustache grisonnante sur des lèvres de jeune fille, pouah, quelle horreur ! Des visions de chairs molles et d'actes répugnants traversent l'esprit de Rose. Elle frissonne de dégoût.

« Un thé ? propose Polochon, l'arrachant à ses sales pensées.

– Et des gâteaux ! », ajoute Monique, les yeux brillants.

Ils échangent un regard complice.

« J'y ai pensé, vilaine gourmande, ne t'inquiète pas ! »

Tandis que Polochon se dirige vers la cuisine, Monique se rapproche de sa copine.

« Alors, mon petit " home " te plaît ? »

Rose sursaute. Elle a compris « homme » et la désinvolture du ton la glace.

« Euh... vous êtes toujours " fiancés " ? s'informe-t-elle.

– Tu parles, plus que jamais ! »

Un nouveau frisson secoue Rose. La faute en est à la voix de Monique, où frémit un je-ne-sais-quoi de suspectement sensuel.

« Ça veut dire quoi " plus que jamais " ? »

Au même moment, Polochon revient, portant un plateau chargé de victuailles. Sans répondre, Monique se lève. Et elle a ce geste incroyable, ce geste provocateur, indécent, obscène : elle lui tend sa bouche.

Un long baiser s'ensuit. « Qu'est-ce que je fais ? se demande Rose, la gorge sèche. Je fous le camp ou je me contente d'une réflexion bien sentie ? »

C'était compter sans la littérature, cette sublime duperie... A l'instant précis où Rose opte pour la fuite, une page de Colette jaillit de sa mémoire, et la scène, comme éclairée par un projecteur de théâtre, prend subitement une autre dimension. Monique devient Claudine [1], Polochon, Renaud, et leur différence d'âge un puissant argument romanesque. Il n'en faut

---

1. Claudine est l'héroïne d'une série de romans des années trente, mettant en scène un personnage de jeune fille éprise d'un homme mûr. Ce sont ces romans qui ont lancé Colette.

pas plus pour désamorcer son indignation.
« N'empêche, pense-t-elle, tandis que, tout fringant,
Polochon sert le thé, Renaud était moins gros. Et il
avait des cheveux ! »

Mais bah, si Monique l'aime...

Au fait, Monique l'aime-t-elle ? Malgré ce qu'elle
affirmait il y a huit jours à peine ?

Oui, sans l'ombre d'un doute. Rose a suffisamment
lu sur le sujet pour en être convaincue. Le miracle a eu
lieu, qui transforme en un couple deux êtres disparates
qu'à première vue tout séparait. Devant une telle évidence, on ne peut que s'incliner. L'amour, le vrai, est
au-dessus des conventions, des préjugés, des dif-
férences d'âge. Et, par chance, rend aveugle, ce qui
dans le cas présent est plutôt une bonne chose.

4

Après-midi très gai. Le gros se surpasse. La présence des deux petites lui met le cœur en goguette. Il fait le pitre, raconte des blagues, mime des sketches, bref s'échine à les divertir, ne s'avouant satisfait que lorsqu'elles s'étranglent de rire dans leurs *polvorones*, ce qui leur arrive plus souvent qu'à leur tour.

Vers 6 heures, Rose jette un coup d'œil sur sa montre.

« Hou là, il faut que je rentre, moi !

– Moi aussi ! s'écrie Monique. Ma mère va encore me sonner les cloches ! »

Ils se disent au revoir, Polochon embrasse longuement sa fiancée, Rose, gênée, détourne les yeux et, trente secondes plus tard, les deux jeunes filles se retrouvent dans la rue.

« Alors, comment tu le trouves ? s'enquiert Monique qui, visiblement, bout d'impatience.

– Gros. »

Ce n'était pas la réponse que Monique attendait. Elle fait la moue.

« Ça, je le sais depuis longtemps, figure-toi, mais son caractère, sa manière d'être ? Sympa, non ? »

Oui, sympa, Rose est bien obligée de le reconnaître. Et rigolo, aussi.

« C'est ce qui me plaît le plus chez lui, ce côté " clown ", approuve Monique. Quand on est ensemble, je n'arrête pas de me marrer. On ne peut pas en dire autant de tous les hommes ! »

Cet air affranchi qu'elle prend !

« Comme si tu en connaissais tellement... », ricane Rose.

Piquée au vif, Monique se plante devant elle, les poings sur les hanches.

« Oui j'en connais ! Des tas ! Je ne suis pas comme toi, moi, toujours cloîtrée avec mes bouquins. Je sors, je vais danser, je m'amuse ! »

Là, elle frime. Ses parents ont beau avoir l'esprit moins étroit que ceux de Rose et, par conséquent, lui laisser plus de liberté (Monique a des cousins, des copains, le frère du commis pâtissier, entre autres, ou encore le grand Maurice qu'elle surnommait Modigliani à cause de sa ressemblance avec Gérard Philipe dans *Montparnasse 19*), elle ne fréquente quand même pas TANT de garçons que ÇA ! Pas assez pour se permettre de faire des statistiques, en tout cas [1] !

Rose ouvre la bouche pour le lui rétorquer sèchement, mais se ravise. A quoi bon assombrir par une dispute cette agréable journée ?

« Faut reconnaître qu'il est chouette. Polochon, concède-t-elle. L'embêtant, c'est son âge...

---

1. Dans les années soixante, il n'y avait quasiment pas d'écoles mixtes, ce qui réduisait les rencontres entre adolescents des deux sexes. De plus, les dancings étaient interdits aux mineurs.

– Je m'en fous, de son âge, ma vieille ! Tu n'as aucune idée à quel point je m'en fous ! Au contraire, j'apprécie qu'il ait de l'expérience !

– Tu ne disais pas ça, l'autre jour...

– Pff, c'était il y a longtemps.

– Tu parles : une semaine !

– Oui, mais quelle semaine ! Et d'un, il m'a embrassée... »

Elle se pourlèche les lèvres. Mimique désapprobatrice de Rose, en dépit de Claudine et Renaud.

« ... et de deux, il m'a fait découvrir la peinture, la reliure... l'espagnol... Federico García Lorca : *Debajo, debajo de la hoja...* Et de trois, il raffole de mes dessins et veut que je rentre aux Arts-Déco, l'année prochaine... Je te jure, jamais personne ne s'est autant occupé de moi ! »

Sensible à cet argument, Rose hoche la tête. Puis, sans crier gare, elle s'imagine, elle, entre les bras de Polochon, pressée contre son torse épais et, ô surprise, ne trouve pas ça déplaisant du tout. Pire : un étau brûlant lui comprime l'estomac, comme l'autre soir, au cinéma, devant la scène la plus torride de *Spartacus* (que, depuis, elle se repasse en boucle avant de s'endormir). *Kirk Douglas s'approche de la rivière où sa femme est en train de se baigner, et celle-ci lui annonce qu'elle attend un enfant. Alors, il la sort de l'eau, la prend contre lui, dans sa toge, la frictionne pour qu'elle n'attrape pas froid, et lui embrasse le ventre.*

Elle sourit.

« Finalement, tu as de la chance ! »

Ce n'est pas Monique qui la contredira !

Par malheur, la chance tourne. *Les amours finissent un jour*, comme chante Moustaki. Au bout de quelques semaines, Monique se lasse. Elle se lasse toujours, c'est une girouette. Pareil qu'avec le frère du commis dont Rose a oublié le nom. Pareil qu'avec Maurice, et pourtant, lui, Dieu sait qu'il était beau ! Rose aurait donné n'importe quoi pour ramasser les miettes, réconforter l'inconsolable, mais il a disparu de la circulation. Peut-être s'est-il fait moine ? Il avait bien une tête à entrer au couvent...

Et maintenant, c'est au tour de Polochon !

« Tu comprends, explique Monique à Rose atterrée, les papys, ça va cinq minutes. Au début, il mettait toute la gomme pour me séduire, mais sa vraie nature a repris le dessus : il est devenu pleurnichard, exigeant... Faudrait que je sois toujours à sa disposition ! Il a peur de me perdre et me répète sans cesse que je suis sa dernière chance, que sans moi il ne lui reste plus qu'à mourir, tu vois le genre ? »

Oui, Rose voit très bien !

« Tu en as discuté avec lui ? Il pourrait peut-être faire un effort, changer...

– Tu rêves, ma vieille ! A son âge...

– C'est toi, maintenant, qui parles de son âge ? Je te rappelle que tu m'as engueulée pour ça, il y a quelque temps !

– Pourtant, tu avais raison : les vieux sont faits pour aller avec les vieux, les jeunes avec les jeunes, je le réalise, maintenant.

– Tu vas le quitter, alors ?

– Ben... »

Monique se mordille les lèvres.

« ... Je n'ose pas, voilà l'ennui ! J'ai peur qu'il ne s'en remette jamais. Tu te rends compte de la responsabilité ? »

Oh oui, Rose se rend compte ! Et pour une fois, elle n'envie pas du tout Monique !

« Eh bien, tu es dans de beaux draps !

– A qui le dis-tu ! Je n'en dors plus la nuit ! Je ne peux quand même pas lui sacrifier ma vie ? »

Rose juge cette idée révoltante.

« Faut que tu le quittes, décrète-t-elle. Le plus tôt sera le mieux.

– Tu crois ?

– Evidemment : plus le temps passe, plus il s'attache ! »

Ce n'est pas tombé dans l'oreille d'une sourde. Si Monique éprouvait encore quelques scrupules, la véhémence de Rose vient de les balayer. Cette dernière mesure-t-elle le poids de ses paroles ? Certes, non ! De même qu'elle n'en évalue pas les désastreuses conséquences... Pourtant, ce n'est pas faute d'avoir été prévenue ! Depuis un bon moment, une petite voix lui souffle : « Ne te mêle pas de ça, ce ne sont pas tes oignons ! » Mais cette voix a tort, Rose en est convaincue : tout ce qui concerne sa meilleure copine la concerne aussi. Sinon, à quoi servirait l'amitié ?

5

Le mercredi suivant :

« Aujourd'hui, je casse ! », décide Monique, en plein cours de français.

Elle fait part de son projet à Rose qui l'approuve chaleureusement.

« Tu sais ce qui serait gentil de ta part ? continue-t-elle. Que tu viennes me rejoindre chez lui pour me soutenir. A deux, ce serait plus facile et ta présence éviterait que les choses ne dégénèrent. On se contrôle toujours mieux devant une tierce personne... »

Rose accepte sans hésiter. D'une part, cette marque de confiance la touche, et, par ailleurs, elle s'en voudrait de rater ça. Tant qu'à être spectatrice, autant l'être jusqu'au bout, pour le meilleur comme pour le pire. (D'autant qu'à quinze ans, on adore les drames !)

Elle annonce donc à ses parents « un goûter exceptionnel » à la maison de retraite.

« Encore ? proteste sa mère. Ma parole, tu es tout le temps fourrée là-bas, maintenant !

– Il ne faudrait pas que tes études en pâtissent, ajoute son père. Une fois par mois, c'était largement suffisant !

– Rendre service, je ne suis pas contre, mais à petite dose, reprend sa mère. J'en toucherai deux mots à monsieur le Curé, dimanche prochain. »

Affolée par cette perspective, Rose tourne sept fois sa langue dans sa bouche.

« Euh... il n'est pas au courant, finit-elle par lâcher. Nous... nous voulions lui faire la surprise...

– Qui ça, " nous " ?

– Ben... Marie-Laure, Irène, Jean-François et moi... »

Elle a cité quelques personnes au hasard, avec le sentiment d'aggraver son mensonge. Si jamais ses parents avaient la mauvaise idée de vérifier...

« De toute façon, ça ne sert à rien que je vous dise leur nom, se reprend-elle, espérant ainsi brouiller les pistes. Vous ne les connaissez pas.

– Je n'aime pas beaucoup ce genre d'initiative, tranche sa mère. Tu devrais laisser tomber pour cet après-midi, ils se débrouilleront très bien sans toi. »

Rose avale sa salive avec difficulté.

« Oh non, je ne peux pas leur faire un coup pareil : ils comptent sur moi !

– Si tu as pris un engagement, il faut t'y tenir, intervient son père. Mais ta mère a raison : dorénavant, il vaudrait mieux consacrer un peu moins de temps aux " bonnes actions " et un peu plus à ton travail scolaire : tes derniers résultats n'étaient pas très brillants... »

Rose promet. Que risque-t-elle ? Selon toute probabilité, c'est la dernière fois qu'elle a besoin d'un alibi !

Par diplomatie pure, elle débarrasse la table, fait la vaisselle, puis monte s'enfermer une heure dans sa chambre. Lorsqu'elle redescend, elle déclare ostensiblement : « J'ai presque fini mes devoirs et je connais mes leçons sur le bout des doigts ! », puis part, l'âme en paix.

Il est presque 3 heures. « Bien joué, se dit-elle, tout en longeant d'un pas allègre les voies de chemin de fer que surplombe la rue du Trône. Non seulement j'ai calmé mes parents en ne me montrant pas trop pressée, mais Monique et Polochon auront eu le temps de régler leurs comptes avant que j'arrive. Moi, les cris, ça me perturbe. »

Des cris, il n'y en aura pas, qu'elle se rassure. En revanche...

Lorsque Monique vient lui ouvrir, elle est blême.

« Polochon s'est suicidé, murmure-t-elle d'une voix à peine audible.

– QUOI ? Il est...

– Non, pas encore... On attend l'ambulance. »

D'un bond, Rose gagne le fond de l'atelier où, effectivement, le corps massif gît par terre, agité de spasmes. Elle ne dit pas : « Il est encore plus gros couché que debout ! », non, elle ne le dit pas. Mais ne peut s'empêcher de le penser.

Au chevet du mourant, deux personnes : un jeune homme d'une vingtaine d'années que Monique a appelé en catastrophe – le futur successeur de Polochon, peut-être ? Rose aurait dû se douter qu'il y avait anguille sous roche : cette rupture précipitée, c'était louche ! – et un petit garçon de six ou sept ans.

« Qui est-ce ? souffle Rose à Monique.

– Son fils, Raymond.

– Oh meeerde ! »

Le mot n'est pas trop fort. La malchance a voulu que, justement ce jour-là, l'ex-femme de Polochon lui confie le gosse. « Excellent ! s'est dit le gros. Je vais lui présenter sa future belle-mère ! » Il ne pouvait pas prévoir...

Raymond a assisté à tout : la discussion, le ton qui monte, les sanglots. Son père à genoux implorant qu'on le garde, pitié, pitié, menaçant de se tuer en cas de refus, puis mettant ses menaces à exécution. Courant comme un fou vers la pharmacie. S'empiffrant d'on ne sait quelle substance, très vite et en grande quantité. Monique, prise de panique, s'accrochant à son bras, hurlant : « Arrête, je t'en supplie ! », et lui : « Trop tard, ma belle, tu vas avoir ma mort sur la conscience ! »

Il a fait quelques pas, le gros, les yeux pleins de défi derrière leur écran de larmes. Puis ses pupilles se sont dilatées d'un seul coup, il a titubé, émis un long gémissement, et est tombé, bleum, tout d'une masse.

Alors Raymond a émergé de derrière le massicot où, dans le feu de l'action, on l'avait oublié, et s'est accroupi près de son père.

Il y est toujours.

On dirait une statue.

« Pauvre petit, il a dû choper un traumatisme ! », chuchote Rose à Monique.

Et comme, visiblement, sa présence est inutile – la sirène des pompiers résonne déjà dans le lointain ! –, elle embarque l'enfant.

« Allez, viens, pas la peine de rester ici, je t'emmène au square ! »

Aucun gamin ne résiste à une telle proposition, fût-il sur le point d'être orphelin. Raymond se lève, et après un dernier regard à son père, glisse sa menotte dans celle de Rose.

Le square est à cent mètres, ils y resteront jusqu'au crépuscule. Rose a repéré, en chemin, une providentielle cabine téléphonique d'où, abandonnant quelques instants son protégé sur le toboggan, elle appelle ses parents. « Le goûter s'est prolongé plus tard que prévu, ne vous inquiétez pas, je serai de retour vers 8-9 heures. » Ses parents ne sont pas dupes, évidemment ! « Je sens bien que tu nous mens », se lamente sa mère. « Nous t'attendons de pied ferme, siffle son père. Et je souhaite pour toi que tes explications tiennent la route ! » Pfiou, chaude soirée en perspective !

Monique, qui fait la navette entre le square et l'atelier, apporte des nouvelles fraîches. Finalement, tout s'arrange : après un lavage d'estomac, le gros est décrété hors de danger et ramené dans ses foyers. Rose, trop heureuse que sa mission soit terminée, y dépose aussitôt Raymond, puis rentre, profil bas, affronter ses juges. Résultat des courses : une engueulade maison, pas d'argent de poche pendant quinze jours et suspension définitive des bonnes actions. Ç'aurait pu être pire.

Ça l'est pour Monique (comme quoi, les parents « modernes » sont parfois moins indulgents que les traditionnels !). Ayant eu vent de l'affaire par le flic du quartier, ils prennent peur et, ni une ni deux, fourrent leur fille en pension, histoire de la soustraire aux mauvaises fréquentations. Dans celles-ci est incluse, outre les amoureux transis et les voisins entreprenants, « cette maigrichonne à l'air sournois qui vient la chercher tous les matins ».

Rose et Monique ne se reverront jamais.

Ainsi meurt une grande amitié.

6

L'année scolaire se poursuit donc sans Monique. Sa disparition inexplicable – les pâtissiers, redoutant le scandale, l'ont retirée de l'école sous un motif bidon – turlupine les religieuses. Elles mènent une enquête discrète ; toutes leurs déductions convergent vers Rose. Convocation chez Mère Supérieure, questions insidieuses, sous-entendus, suggestions perfides. Rose fait la bête, elle est douée pour. « Non, ma sœur, je ne sais rien... Monique était un peu fatiguée, ces derniers temps, ses parents ont dû l'envoyer à la campagne pour sa santé. Le mieux serait de vous adresser directement à eux. »

De guerre lasse, les inquisitrices abandonnent la partie mais gardent la suspecte à l'œil. Pas facile d'être, huit heures par jour, dans le collimateur ! Déjà que, sans son inséparable, Rose s'ennuie à mourir...

Tant par détresse que par manque affectif, elle se tourne vers Claire.

Du temps de Monique, Claire était la seconde dans sa hiérarchie d'amitié. Une sorte d'infante, de doublure chargée de remplacer Monique au pied levé, en cas d'absence ou de dispute. La voilà, par la grâce des événements, promue meilleure amie en titre.

Si Monique était séduisante, Claire, elle, est belle. D'une beauté diaphane, intemporelle. Ses cheveux et ses yeux, du même ambre chaud, ornent un visage comme éclairé de l'intérieur par transparence. Une sensualité fluide la baigne tout entière. Les garçons, est-il utile de le préciser, y sont très sensibles : il y a toujours deux trois élèves des Jésuites d'à côté pour venir traîner dans son sillage. Les filles, en revanche, la critiquent méchamment. A l'unanimité, elles lui trouvent la jambe trop courte, le mollet trop rond, le bassin trop lourd. Sauf Rose qui en son for intérieur la compare à ces statues grecques, mastoques, certes, mais sculptées dans un albâtre translucide qui les rend aériennes en dépit de leur silhouette, et capte la lumière ambiante.

Elles traînent ensemble sur le parvis de l'école, passent leurs récréations à papoter et se débrouillent pour partager le même pupitre. Oh, leur relation est bien différente de celle qui liait Rose à Monique – moins inventive, moins fusionnelle et, en tout état de cause, moins drôle –, mais offre quand même un certain intérêt. Surtout en ce qui concerne l'autre sexe. Car outre ses charmes physiques (ou grâce à eux !), Claire est précoce, ce qui n'était pas le cas de Monique. Et encline aux confidences, ce qui ne l'était pas non plus : les zones d'ombre jalonnant l'aventure avec Polochon en sont la meilleure preuve. Aujourd'hui encore, Rose se demande jusqu'où ils sont allés, quel genre de rapports ils ont entretenu – rapports

40

intimes, s'entend! Bien que témoin privilégié de leur histoire, elle en est, dans ce domaine, réduite aux conjectures.

Claire, en revanche, dit TOUT.

Et Rose a beaucoup, beaucoup à apprendre.

10 heures. La cour est pleine de monde. Et de bruit. Trop pour les deux jeunes filles en veine de chuchotis. Le préau désert leur offre un abri, elles s'y réfugient.

Nous sommes lundi. Claire rentre d'un week-end avec des ami(e)s – week-end riche en rebondissements dont elle fait à sa copine un compte rendu circonstancié. L'intrigue bat son plein lorsque sonne la fin de la récréation.

« Oh non! s'écrie Rose. Juste au meilleur moment! »

L'héroïne sacrifiera-t-elle sa vertu au charmant jeune homme qui le lui demande? Il faut ab-so-lu-ment que Rose sache. Si elle est obligée d'attendre jusqu'à midi, elle va en faire une maladie!

« Viens! » glisse-t-elle à sa compagne.

Dans le brouhaha des rangs qui se forment, elle l'entraîne vers les toilettes.

« Hééééé! proteste Claire. On ne va quand même pas...

– Si! L'appel a déjà été fait ce matin et la prof de français est myope comme une taupe. Personne ne remarquera notre absence!

– Et comment on retournera en classe, après, sans se faire prendre?

– Y a solfège en quatrième heure. La salle est juste à côté, il suffira d'y aller directement ! »

A bout d'arguments, Claire s'incline. Cela ne lui demande pas un bien grand effort : elle aussi meurt d'envie de poursuivre son histoire. Discrètement, elles se glissent dans la cabine, un W.C. début de siècle vaste comme une église et carrelé de faïence. L'une s'assied sur le siège, l'autre par terre, la nuque contre le rouleau de papier hygiénique, puis, dans une entêtante odeur d'eau de Javel, les confidences reprennent.

Non, l'héroïne ne s'est pas mal conduite. Le charmant jeune homme est resté sur sa faim. On lui a accordé des baisers (avec la langue !), quelques caresses dans des zones pas vraiment anodines, mais à part ça, rideau.

« Ouf, j'ai eu peur ! dit Rose. Tu es encore vierge, alors ?

– Naturellement, qu'est-ce que tu crois ? Je compte arriver intacte au mariage ! »

Rose la félicite pour cette bonne décision. C'est pure hypocrisie de sa part : elle aussi reste sur sa faim, le cerveau pétri de questions sans réponses. Ses lectures ne parlent pas de *ça*, ou si peu ! Même Colette, Malraux, Françoise Sagan – les moins bégueules ! – n'abordent la sexualité qu'avec prudence, voire pruderie, privilégiant les métaphores au détriment des descriptions précises. Quant aux parents... Le mot n'a même pas cours dans leur vocabulaire ! « A croire qu'ils m'ont faite dans le noir, à tâtons et en récitant leur *Ave Maria* », pense souvent Rose, que les pratiques nocturnes de ses géniteurs, ou du moins l'idée qu'elle s'en fait, laissent perplexe.

De fil en aiguille, l'heure de répit passe vite et arrive le changement de cours. « Faut qu'on y aille, déclare Rose à regret. J'entrouvre la porte, je vérifie si la voie est libre, et à mon signal, on file ! »

Sitôt dit, sitôt fait, dans la minute qui suit, les deux adolescentes rasent le mur du couloir en direction de la salle de musique. Un chahut familier leur indique que les élèves sont momentanément sans surveillance. Dans toute cette agitation – barvardages, rires, bousculades, chaises déplacées –, qui les remarquerait ?

Qui ? Sœur Gabrielle-des-Anges, une novice faisant office de pionne – à la Trinité, on dit « espionne » ; une vraie peau de vache qui n'a pas les yeux dans sa poche.

A l'instant où, croyant tout danger écarté, Rose et Claire se faufilent parmi leurs camarades, sa voix coupante les fige sur place :

« Peut-on savoir ce que vous faisiez ensemble dans les toilettes, mesdemoiselles ? »

Un geiser d'adrénaline éclate dans le ventre de Rose.

« Rien, ma sœur, bafouille-t-elle.

– On s'était mises là pour... pour réviser au calme, ajoute Claire, plus morte que vive.

– Pour réviser, voyez-vous ça ! Mère Supérieure sera ravie de l'apprendre ! »

D'un geste impérieux du menton, elle intime aux coupables l'ordre de la suivre et, mains dans les manches, cornette au vent, fonce vers le bureau de la directrice.

« On est cuites ! », chuchote Rose à Claire.

La nonne se retourne, la foudroie des yeux, puis frappe trois petits coups contre la porte.

« Entrez ! »

Mère Supérieure est une grande religieuse, sèche et un peu hommasse, travaillée par la ménopause. Ses bouffées hormonales sont proverbiales, qui colorent d'un seul coup son teint blafard et lui font s'écrier, pour la plus grande joie des élèves : « Vite, ouvrez la fenêtre, je suis en chaleur ! » (Etant originaire des Flandres, elle ne possède pas toutes les nuances de la langue française.)

Sœur Gabrielle-des-Anges s'avance respectueusement et lui chuchote quelques mots à l'oreille. Les traits de la directrice, tout d'abord empreints d'incrédulité, durcissent progressivement.

« Qu'est-ce que j'entends, mesdemoiselles ? Vous...

– On n'a rien fait de mal, ma mère, je vous jure ! l'interrompt Rose. On voulait juste...

– Silence ! Vous parlerez quand je vous y inviterai ! D'ailleurs... »

Derrière ses lunettes cerclées de fer, son regard perçant traverse la jeune fille de part en part.

« ... Vous n'en êtes pas à votre coup d'essai, à ce qu'il me semble ! Ce qui vient de se passer éclaire d'un jour nouveau le départ impromptu de votre amie Monique !

– Mais ça n'a rien à voir ! », se rebiffe Rose, indignée.

Elle sait parfaitement de quoi on la soupçonne. Les pratiques « entre filles » obsèdent les religieuses qui les traquent avec frénésie, confondant souvent une amitié tendre (mais honnête !) avec ce qu'elles taxent de « vice ».

« Taisez-vous ! glapit Mère Supérieure en tapant du poing sur la table. Inutile d'aggraver votre cas par un mensonge ! Vos parents seront informés de ce qui vient de se passer et prendront, je l'espère, les mesures qui s'imposent. Pour ma part, je vous renvoie huit jours, non pour sanctionner votre faute – qui mériterait largement plus ! –, mais afin de soustraire vos compagnes de classe à une pernicieuse influence. J'espère que, durant ce laps de temps, vous déciderez de vous amender. Quant à vous... »

Elle se tourne vers Claire qui se ronge les ongles en fixant les lames du parquet.

« ... dans la mesure où vous n'êtes pas récidiviste, votre punition sera moins grave : trois jours de renvoi, seulement. Cette exclusion vous permettra de réfléchir, à tête reposée, au danger de certaines formes de camaraderie ! »

La séance est levée. D'un geste de la main, Mère Supérieure congédie tout le monde :

« Que cet avertissement vous serve de leçon ! Sœur Gabrielle-des-Anges, veillez à ce qu'elles prennent leurs affaires et partent immédiatement, puis vous irez poster les lettres que je vais écrire à leurs parents.

– Bien, ma mère. »

Et voilà. La sentence est tombée sans que les accusées aient pu plaider leur cause.

« Complètement zinzins, ces bonnes femmes ! ronchonne Rose, tout en rassemblant à la hâte livres et cahiers.

– Pff, mon père rigolera bien en la recevant, sa lettre ! persifle Claire. Comme si c'était mon genre de tripoter mes amies !

– Pareil pour moi : de ce côté-là, je ne m'en fais pas. Par contre, il sera furieux que je manque les cours, et je n'ose même pas penser à la réaction de ma mère ! Déjà qu'elle a tendance à hurler pour un rien... »

Le trajet du retour est sinistre. Les deux exclues marchent le nez au sol, perdues dans leurs pensées. Plus encore que le savon qui les attend chez elles, c'est le fait de se retrouver dehors à cette heure incongrue qui les perturbe. Les passants doivent sûrement se poser des questions, se demander pourquoi elles ne sont pas en classe ! Pour un peu, elles se sentiraient marquées du sceau de la honte, comme ces prostituées du Moyen Age que l'on tatouait au milieu du front !

Devant le Priba, elles se séparent. Rose remonte la chaussée d'Ixelles jusqu'à la quincaillerie de ses parents, Claire tourne à droite, vers la gare de banlieue où elle attend son train pour Scharbeek. En voyant disparaître sa complice, Rose est saisie d'une angoisse indicible. Tant qu'elles étaient ensemble, solidaires dans le malheur, la situation restait supportable. Mais à présent... Une fraction de seconde, elle a la tentation de prendre ses jambes à son cou et de fuir n'importe où, droit devant elle. Dans un endroit où il n'y aurait ni parents, ni bonnes sœurs, ni préjugés, ni mensonges.

Un tel paradis existe-t-il ? Non, bien entendu... Alors, pourquoi l'atelier du 22 avenue Victor-Hugo s'impose-t-il à son esprit, avec une fulgurance à vous couper le souffle ?

Si elle obliquait vers la gauche, empruntait la rue Malou jusqu'au carrefour du Trône et courait sonner chez Polochon, comment la recevrait-il ? L'accueillerait-il dans son havre de paix et lui offrirait-il, comme à Monique jadis, des *polvorenes mantecados* dans ses curieuses assiettes en faïence bleue – des céramiques anciennes « échangées contre un service en Arcopal à un paysan madrilène », ainsi qu'il se plaît à le préciser –, ou lui claquerait-il sa porte au nez ?

Rose est forcée de l'admettre : cette seconde attitude lui semble la plus plausible. « A sa place, c'est ce que je ferais, en tout cas : après ce qu'il a vécu, mieux vaut tourner la page ! »

Happée par une bouffée de souvenirs, elle continue sa route d'un pas traînant.

Finalement, tout se passe moins mal que prévu, à la maison. Après une paire de baffes ma foi bien légitimes, les parents de Rose s'emploient à limiter les dégâts. Son père établit un programme de révisions en vue des examens de Pâques – « Pas question que tu te prélasses, ma grande, ce ne sont pas des vacances ! » – et sa mère prend rendez-vous avec la directrice afin de « remettre les pendules à l'heure ». Il y va de la réputation de sa progéniture... Quant à Rose, une fois l'orage passé, elle envisage avec une certaine euphorie ces quelques jours de halte forcée, en tête à tête avec ses chers bouquins.

7

Et Polochon, que devient-il, pendant ce temps-là ?

La question revient hanter Rose dès le lendemain, lancinante comme une rage de dents. Etrange, non ? D'autant que, depuis l'affaire du suicide manqué, elle n'y avait pas trop réfléchi, bien plus préoccupée par l'absence de Monique que par les états d'âme de son « fiancé ».

Pourquoi, alors, ce brusque regain d'intérêt au bout de plusieurs semaines ? Elle ne saurait le dire, mais le fait est là, indéniable. Et s'accompagne, chose plus surprenante encore, d'un sentiment de culpabilité. Ne pas avoir pris de nouvelles du gros depuis son retour de l'hôpital, c'est impardonnable, non ? Même un chien, on ne le traite pas de la sorte...

Oui mais... s'il cherche à oublier son amour perdu, est-ce judicieux de le lui rappeler ?

Après avoir longuement tergiversé, Rose finit par opter pour une petite visite de courtoisie. Un beau matin, donc, délaissant le programme de son père, elle sort, sous prétexte d'emprunter un livre à la bibliothèque. C'est le début du printemps, un pâle soleil de mars clignote dans le ciel froid, le va-et-vient des oiseaux construisant leurs nids fait bruisser les arbres de la rue du Trône, et Rose se sent curieusement légère. Comme si elle allait à un rendez-vous.

De plus en plus étrange...

Au 22 de l'avenue Victor-Hugo, elle sonne, le cœur battant.

Et attend.

Deux, trois, cinq, dix secondes. Vingt.

Personne.

Elle s'apprête à tourner les talons lorsqu'un pas traînant se fait entendre. Et la porte s'entrouvre sur un visage hagard. L'espace d'un instant, Rose a l'impression de s'être trompée d'adresse. Ce n'est pas Polochon – le *gros* Polochon réjoui dont elle ressasse depuis deux jours les facéties –, ce vieillard défait, cerné, aux joues creuses!

« Rose! Comme c'est gentil de venir me voir! »

Dès qu'il ouvre la bouche, on le retrouve. Grâce à son zozotement, entre autres.

« Euh... ça va? bredouille la jeune fille, subitement intimidée.

– Couci-couça... entre! »

Avec le sentiment de commettre une bourde – mais de ne pas pouvoir s'en empêcher –, elle obtempère.

L'atelier, lui, n'a pas changé. Un peu plus en désordre, peut-être? Mais l'ambiance est là, souveraine; la merveilleuse ambiance si calme, si *anti-conformiste*. Rose étouffe un soupir de bien-être.

« Assieds-toi... Je t'offre quelque chose à boire? »

Ce n'est pas de refus. Il y avait du thé, la fois dernière. Du Darjeeling, si Rose se souvient bien. Et des *polvorones*.

« Désolé, dit Polochon, je n'en ai plus. Il doit me rester quelques madeleines au fond d'une boîte, et du Earl Grey. »

Va pour le Earl Grey, Rose n'est pas une perfectionniste du souvenir.

Le gros homme s'éloigne en direction de la cuisine. « Comme il est voûté ! pense-t-elle en le suivant des yeux. Et puis, ces pantoufles... Il fait un bruit de pépé, quand il marche : chh, chh, chh... Qu'est-ce qui a bien pu lui arriver ? »

Elle va l'apprendre quelques minutes plus tard, devant sa tasse fumante. Polochon est en pleine dépression. En fait, il ne se remet pas du départ de Monique.

« Je suis allé l'attendre plusieurs fois devant chez elle, avoue-t-il. Pour l'apercevoir ne serait-ce qu'une seconde. Mais en vain...

— Normal, répond Rose, elle est en pension.

— Je m'en doutais... Aurais-tu une adresse où je pourrais lui écrire ?

— Non.

— Tu ne peux pas te renseigner auprès de ses parents ?

— Alors là, ce n'est même pas la peine d'essayer : ils ne veulent plus entendre parler de moi... Ils sont convaincus que tout est ma faute... »

Polochon étouffe un soupir.

« Nous voilà dans le même bain, toi et moi... Elle te manque aussi ?

— Terriblement ! »

Silence. Ils sirotent leur thé en parfaite harmonie. C'est fou ce que ça rapproche, une souffrance commune.

L'ombre gracieuse de Monique plane sur eux.

Lorsque Rose s'en va, une demi-heure plus tard, des sentiments contradictoires l'habitent. Joie et tristesse, à proportions égales. Avoir retrouvé l'atelier tel qu'elle l'avait connu et aimé, l'enchante. En revanche, l'évocation des événements qui s'y sont déroulés pèse son poids de nostalgie. Et puis, effectivement, Monique lui manque. Elle ne se rendait pas compte à quel point...

Mais ce n'est pas ça le plus important. Le plus important, c'est ce qu'a dit Polochon en lui serrant la main : « Ta présence m'a fait beaucoup de bien. » Elle est ainsi, Rose : rien ne la rend plus heureuse que le bonheur qu'elle procure.

Alors, elle promet de revenir.

Souvent.

Le plus souvent possible.

« Brave petite ! », murmure Polochon, attendri. Et, en lui-même, il ajoute : « Dommage qu'elle soit si moche ! »

On ne peut pas tout avoir !

8

Rose tient parole. Il lui reste six jours de « congé » (en comptant le week-end), elle va se rendre quotidiennement à la bibliothèque. Comme ses absences ne sont jamais très longues – prudence oblige ! –, ses parents n'en prennent pas ombrage. Jusqu'à ce fameux vendredi après-midi...

Cinq heures et demie. Rose rentre de chez Polochon à qui elle a préparé une énorme ratatouille. Il en a au moins pour trois jours, lui qui se contente, en général, de pain rassis et de fromage (quand il ne saute pas carrément le repas !).

Avec le sentiment du devoir accompli, elle grimpe jusqu'à sa chambre, au deuxième étage. Or, le téléphone se trouve sur le palier du premier. « Si je donnais un coup de fil à Claire ? se dit-elle en le croisant. J'aimerais bien savoir comment s'est passé son retour en classe... »

« Allô, Claire ? »

Le retour s'est plutôt bien passé, merci. A l'unanimité, les copines ont trouvé la sanction abjecte, et les raisons qui la motivaient encore plus. Cette réflexion de la grande Paulette, irrespectueuse mais pleine de bon sens : « Les sœurs feraient mieux de s'occuper de leurs fesses plutôt que des nôtres ! », résume parfaitement l'opinion générale. Certains parents, de surcroît, ont publiquement désapprouvé ces « méthodes rétrogrades », arguant qu'au prix du minerval [1], on ne prive pas deux élèves, fussent-elles un peu lesbiennes, des cours qui leur sont dus.

« Bravo, se réjouit Rose, Mère Supérieure a dû en prendre plein les dents ! Et à part ça ? »

La conversation s'éternise. Afin d'être plus à l'aise, Rose s'est assise sur l'escalier. Tout à son bavardage, elle ne remarque pas que son père monte les premières marches, l'observe longuement entre les barreaux de la rampe, puis redescend sans un mot.

Sitôt qu'elle a raccroché, il l'interpelle.

« Où étais-tu, cet après-midi ?

— Ben, à la bibliothèque, tiens ! J'avais besoin de documents sur Guillaume le Taciturne.

— Et il t'a fallu deux heures pour les trouver ?

— Oh, tu sais, moi, quand je suis dans les livres...

— Tu n'es pas allée ailleurs ? Tu en es bien sûre ? »

Montée d'adrénaline.

« Pourquoi tu me demandes ça ?

— Un inspecteur de police sort à l'instant du magasin. Il voulait savoir si je connaissais une gamine de douze ou treize ans, avec un pull rouge et un pantalon noir. Je lui ai dit que j'avais, effectivement, une fille vêtue de cette façon – je suis allé vérifier pendant que tu téléphonais – mais que tu en avais presque seize...

— Qu'est-ce qu'il me veut, ce type ?

1. Minerval : montant de l'inscription dans une école privée.

– Il te suit depuis quatre jours, et m'a appris que tu te rends tous les après-midi avenue Victor-Hugo, chez un personnage peu recommandable... »

Rose avale sa salive avec difficulté : elle a une boule au fond de la gorge.

« Un... un personnage peu recommandable ? Pourquoi ? Qu'est-ce qu'il a fait ?

– Détournement de mineures. Des plaintes ont été déposées contre lui mais on n'a jamais pu le prendre sur le fait, c'est pour cette raison que la police le surveille. »

Il lui soulève le menton et, la fixant droit dans les yeux :

« Dans quel guêpier es-tu encore allée te fourrer, petite bécasse ? »

La boule qui obstrue la gorge de Rose grossit, grossit, lui coupant la respiration. Son cerveau, en revanche, carbure à cent à l'heure.

« Ça, c'est un coup des parents de Monique », réalise-t-elle.

Et, ne trouvant aucun moyen de s'en sortir – sauf en avouant la vérité –, elle fond en larmes.

« Ce n'est pas ce que tu crois, papa, le flic se trompe, Polochon n'a jamais fait de mal à personne...

– Polochon ?

– C'est son surnom.

– Tu as l'air de bien le connaître !

– Il.. euh... donnait des leçons de reliure à Monique. Un très bon prof... »

La voilà qui invente, maintenant. Bien obligée ! Elle ne peut quand même pas décrire à son père leur manège à toutes deux pour racoler le gros homme !

« ... et là, il est malade, alors je m'occupe de lui, sa vaisselle, ses courses, tout ça...

– Sa vaisselle, ses... Mais enfin, Rose, tu es complètement folle ? Tu veux nous faire tourner en bourrique, ta mère et moi ?

– Non, pourquoi ? C'est un crime d'aider son prochain ? »

Tant de candeur – ou de duplicité ! – désarme le quincaillier.

« Il n'a pas de famille, ce bonhomme ? s'enquiert-il, à bout d'arguments.

– Non.

– Qu'il engage une femme de ménage !

– Ça coûte trop cher, je suppose.

– Tandis que toi, tu travailles gratuitement... Tu trouves ça bien, toi, d'abuser ainsi du dévouement des gens ?

– Mais il ne m'a rien demandé, c'est moi qui...

– Quoi qu'il en soit, plus question que tu remettes les pieds chez lui, tu entends ? La place d'une jeune fille n'est pas près d'un homme seul, surtout un individu de cette sorte. Tu vas me donner son numéro de téléphone, son adresse, et s'il est réellement dans le besoin, je m'en occuperai personnellement. »

Le ton est sans réplique, Rose ne peut que s'incliner. Mais pas de gaieté de cœur, ça non ! D'autant que, malgré elle, un soupçon la taraude. *Des plaintes ont été déposées contre lui*, a dit son père. DES, pas UNE... Est-ce juste une manière de parler ou y a-t-il, effectivement, eu plusieurs plaintes, de parents différents ? Les flics mobilisent-ils un inspecteur pour

UNE plainte ou attendent-ils qu'il y en ait au moins deux ? Dans ce cas, Polochon serait coutumier du fait...

Des doutes assaillent Rose, forant comme des galeries dans sa tête et son ventre. C'est très pénible ! Elle ne peut pas rester dans cette incertitude... Après s'être assurée qu'il n'y avait personne à l'horizon, elle fonce sur le Bottin. « Comment c'est, son vrai nom, déjà ? Ah oui, De Backer... Flûte, y en a trois pages... Ah, voilà : De Backer Louis, 22 avenue Victor-Hugo, 48 47 49, facile à retenir ! »

Elle compose le numéro. A la troisième sonnerie, un « allô » dolent lui parvient. Alors elle, tout d'une traite :

« Polochon, un flic est venu trouver mon père, il a dit un tas de saloperies sur toi. Paraît que tu détournes les mineures. Tes allées et venues sont surveillées pour essayer de te prendre la main dans le sac... »

Rire grinçant au bout du fil.

« Tu trouves ça drôle ? s'insurge-t-elle.

– Ce n'est pas un flic, c'est mon voisin.

– Comment ça, ton voisin ?

– Le locataire du dessus, un ancien brigadier de gendarmerie. Il déteste la musique espagnole et prétend que je mets le son trop fort. Ça le dérange, soi-disant. Du coup, pour se venger, il cherche à me coincer par n'importe quel moyen. Il a dû apercevoir Monique par la fenêtre, puis toi, et en aura tiré des conclusions hâtives. Vieux saligaud, va !

– Rien n'est vrai, alors ?

– Tu en doutais ? Merci pour ta confiance ! »

Rose rentrerait bien sous terre. L'ampleur de sa trahison la pétrit de honte.

« Excuse-moi, murmure-t-elle.

– De rien. D'ailleurs, si tu veux un conseil, mieux vaudrait espacer tes visites, ça éviterait ce genre de pataquès.

– Et comment tu vas faire, pour la bouffe ?

– J'ai l'habitude de me débrouiller, tu sais ! Je ne t'ai pas attendue ! »

Elle reçoit cette évidence comme une gifle, balbutie : « Tu as raison, je suis idiote » et raccroche, le cœur chaviré.

Le soir même, son père se rend 22 avenue Victor-Hugo. Polochon le reçoit avec courtoisie et lui apprend, en cours de conversation, qu'un copain antiquaire, spécialisé dans le meuble espagnol, l'emmène quelques semaines en Estrémadure où « il reste pas mal de bonnes affaires à faire ».

« Bravo ! approuve le quincaillier, soulagé. Rien de tel qu'un voyage pour vous remettre d'aplomb !

– Et, du même coup, décharger cette pauvre Rose de ses " obligations " », renchérit Polochon.

Ignorant – volontairement ou non – l'ironie du propos, le quincaillier glisse sa main dans sa veste, en direction de son portefeuille.

« Si je peux faire un petit geste pour vous aider... »

Polochon se raidit.

« Merci, je n'ai besoin de rien... sauf d'un changement d'air, ajoute-t-il, après un silence chargé de mépris. Bruxelles pue ! »

Ils se quittent en bons termes. « Voilà une affaire rondement menée », se réjouit le quincaillier en reprenant, d'un pas allègre, le chemin de sa maison.

Lorsqu'il annonce à Rose la décision du gros, en spécifiant : « Chapitre clos ! », celle-ci semble ravie. Mais le soir, dans son lit, elle pleure beaucoup. Pourquoi ? Elle ne saurait le dire. La pensée du grand atelier vide, peut-être ? Ou de ce Earl Grey auquel elle a pris goût et dont elle ne sentira plus le léger arôme de bergamote sur sa langue ? (Chez elle, on ne boit que du café). « Je ne peux pas laisser partir Polochon comme ça, sans lui dire au revoir... », se répète-t-elle, le visage enfoui dans son oreiller.

Mais comment faire, avec ce voisin du dessus toujours prêt à cafter ? Il faut ab-so-lu-ment qu'elle trouve un moyen d'échapper à sa vigilance !

Après s'être longuement tirebouchonné les méninges, elle finit par élaborer un plan génial. Le lendemain, profitant de l'affluence de 11 heures à la quincaillerie, elle s'esquive, un paquet sous le bras. Puis, tout en scrutant les porches et les recoins d'ombre afin de déceler une éventuelle filature, elle se dirige vers le Priba, y entre, fonce vers le rayon prêt-à-porter, décroche une robe au hasard.

« Je peux essayer ? », demande-t-elle à la caissière.

Celle-ci, occupée avec un client, lui indique distraitement la cabine. Rose s'y faufile et en ressort quelques instants plus tard, métamorphosée. Elle a troqué son pantalon contre une jupe, ses bottines contre des escarpins à hauts talons (« empruntés » à sa mère), porte des lunettes noires et surtout – coup de génie ! – a posé sur sa tête un chignon postiche maintenu par un foulard noué sous le menton. Dans cette tenue, elle est méconnaissable... et paraît cinq ans de plus !

Elle s'admire un instant dans la glace, redresse sa coiffure de guingois, ajuste ses lunettes un peu trop grandes puis, vite, repose la robe qu'elle n'a même pas retirée du cintre et repart en tortillant du cul.

Si le prétendu flic la guette à la sortie, il l'a dans le baba !

Un quart d'heure plus tard, ayant gagné l'avenue Victor-Hugo par un chemin détourné, elle sonne à la porte du gros. Celui-ci rit beaucoup de son accoutrement, la traite de « Mata Hari [1] », lui montre sur une carte l'itinéraire de son voyage, puis la congédie.

Comme, au moment de partir, elle a les yeux pleins de larmes, il lui tend son mouchoir : « Allons, allons, je ne resterai absent que quelques semaines », précise-t-il avec bonhomie.

Au retour, Rose repasse par le Priba et retourne dans la cabine sans même prendre la peine d'emporter une robe. De toute façon, la caissière ne lui prête aucune attention. En plus, son chagrin émousse sa prudence.

Quand elle arrive chez elle, midi vient juste de sonner et ses parents servent les derniers clients. Ils ne se sont même pas aperçus de son absence.

---

1. Mata Hari : espionne célèbre.

9

La charité est un art très en vogue, à l'école de la Trinité. Chaque classe a ses pauvres et, tous les jeudis à la sortie des cours, deux élèves sont chargées de leur porter les provisions collectées durant la semaine à leur intention. Ces provisions – café, sucre, confiture, beurre, et parfois plus, suivant la générosité des donatrices – sont destinées, en priorité, à des familles immigrées, de préférence nombreuses. La Belgique est, à cette époque, submergée d'Italiens, embauchés après la guerre dans les mines de charbon, que l'avènement du mazout, puis du chauffage électrique, ont progressivement réduits au chômage.

Cette semaine, Rose est volontaire pour la première fois. Micheline, qui d'ordinaire remplit cette fonction – et ne renoncerait pour rien au monde à son privilège ! –, étant absente, elle a offert de la remplacer. Ses parents en ont été avertis par une circulaire de Mère Supérieure.

Les pauvres de troisième latine se composent de Mme Pulcelli, petite Milanaise expansive et malingre, et de ses quatre enfants, de huit mois à sept ans. Pas de père : celui-ci les a abandonnés pour une *putana*, ainsi que se plaît à le répéter l'épouse délaissée. Ils vivent entassés dans un deux-pièces sans lumière, la mère fait des ménages quand sa santé le lui permet, et le reste du temps s'occupe de sa marmaille. « Une personne bien méritante ! » selon l'opinion de Mlle Neveu, la prof de latin, titulaire de la classe.

« Elle habite où ? se renseigne Rose auprès de Pascale, l'autre déléguée.

– Pas très loin, avenue Victor-Hugo. Dix minutes de marche, à peine. »

Une quinte de toux saisit Rose.

« Qu'est-ce que tu as ? s'étonne sa compagne.

– Rien, j'ai avalé de travers. »

Elle est tétanisée. Par le pouvoir d'un mot – moins, d'une simple adresse ! – tout ce que, depuis des semaines, elle s'efforçait d'oublier, lui est revenu en vrac.

« On y va ? s'impatiente Pascale. J'ai mon tram à prendre, moi ! »

Avec un haussement d'épaules fataliste, Rose obtempère. On ne lutte pas contre le destin.

En passant devant le 22, c'est plus fort qu'elle, elle lève les yeux vers la fenêtre du rez-de-chaussée. S'attarde dans les plis des rideaux fermés, les sonde à la recherche d'un mouvement, d'une présence. Son cœur bat si fort qu'il l'assourdit. Sûr, on doit l'entendre au-dehors.

Elle lance un regard furtif à Pascale. Mais celle-ci, qui n'a rien remarqué – ou fait semblant ! – marche devant d'un pas décidé.

Mme Pulcelli habite au 116. Tandis que ses « bien-faitrices » pénètrent dans le minuscule logement, elle se confond en remerciements. Rose en est toute gênée : faire un foin pareil pour deux cent cinquante grammes de beurre et un paquet de sucre, elle trouve ça indécent, à la limite. Mais Mme Pulcelli ne l'entend pas de cette oreille : lorsqu'on reçoit, on dit merci, c'est la règle du jeu. « Allons, Sergio, embrasse les demoiselles qui sont si généreuses, regarde, elles nous ont apporté du chocolat ! Et toi, Maria, retire tes doigts de ton nez. *Madonna*, cette enfant ne sait pas se tenir ! » Ensuite, elle propose une tasse de café.

« D'accord, dit Pascale qui a l'habitude, mais vite, sinon je vais rater mon tram. »

Leur hôtesse les fait asseoir dans la cuisine, devant une table en Formica qu'elle débarrasse prestement. Prend trois tasses dans l'évier débordant de vaisselle sale, les rince. Pose une casserole d'eau sur un Camping-gaz.

Soudain, une porte s'ouvre : celle de la chambre. Un homme débraillé en sort en bâillant.

« Je vous présente mon frère Giovanni », dit Mme Pulcelli. Et, comme le café est prêt, elle lui en sert un bol avec deux sucres.

Rose et Pascale avalent leur tasse en hâte puis prennent congé. Tandis que Pascale cavale vers son arrêt, Rose remonte en flânant l'avenue Victor-Hugo. Il est plus tôt que prévu, cinq heures moins le quart à peine, ses parents ne l'attendent pas avant cinq heures et demie, inutile de se presser.

Ce décor familier la met dans un état second.

108... 82... 60... 26... 24... A mesure que les numéros diminuent, son pas ralentit. Parvenue devant le 22, elle s'arrête carrément. Puis, en somnambule, escalade les trois marches de pierre bleue qui mènent à la porte d'entrée, et sonne. Il n'y a sûrement personne, le geste est symbolique, mais quel plaisir il lui procure !

« Bon, maintenant, je peux m'en aller », se dit-elle, libérée d'un poids.

Au même instant, la porte s'ouvre, et un Polochon pétant de santé se dresse devant elle.

« Bonjour, Rose ! clame-t-il d'une voix de stentor. Entre, ma grande ! »

Rose devient cramoisie.

« Euh... non... je n'ai pas le temps... Je voulais juste savoir si tu étais revenu, tu as l'air tout à fait guéri, je suis bien contente. Maintenant, il faut que je file, je suis déjà en retard. »

Le temps d'arriver à la quincaillerie, elle aura retrouvé son calme et gardera secrète cette rencontre impromptue. Mais, dès le lendemain, elle se proposera pour la prochaine visite à Mme Pulcelli.

Cette visite, hélas, n'aura jamais lieu. La semaine suivante, en fin de matinée, Mère Supérieure pénètre à l'improviste dans la classe. Elle a une communication importante à faire. Après s'être raclé la gorge, signe que ces choses-là ne sont pas faciles à dire, elle annonce : « Mme Pulcelli ne fait plus partie de nos pauvres. » Et comme un brouhaha stupéfait suit cette déclaration, elle explique succinctement que la personne en question s'est avérée indigne des bienfaits qu'on lui prodiguait. « Car, tenez-vous bien, elle vit dans l'adultère ! Ce Giovanni, qu'elle faisait passer pour son frère, n'a aucun lien de parenté avec elle, excepté celui du bas-ventre, si vous voyez à quoi je fais allusion. »

Les troisième voient très bien, leurs gloussements en témoignent.

« Dans ces conditions, conclut la directrice, il est évidemment exclu qu'elle continue à bénéficier de nos dons. Ce serait contraire à nos principes les plus sacrés ! »

Quelques protestations timides s'élèvent. La grande Paulette, s'érigeant en porte-parole, signale que la famille Pulcelli compte, avant tout, quatre enfants en bas âge que l'on n'a pas à sanctionner pour les mœurs de leur mère.

« Il faut parfois savoir trancher dans le vif ! répond Mère Supérieure. Dites-vous bien que si, dans ces circonstances, je faisais preuve de faiblesse – et la tentation m'en est venue, je vous l'avoue ! –, je ne serais pas digne de diriger un établissement comme le nôtre ! »

A 4 heures, Rose, Claire, Paulette et quelques autres tiennent conseil sur le parvis de l'école et décident de braver l'autorité. Elles poursuivront de leur propre chef la petite aide matérielle à Mme Pulcelli. Pendant quelques semaines, l'Italienne continuera donc à recevoir son café et son beurre comme si de rien n'était, puis les bonnes volontés se lasseront, les visites s'espaceront et finiront par s'arrêter, faute de denrées.

En tout état de cause, la seule gagnante, dans cette sordide histoire, c'est Rose, qui a malgré elle renoué avec Polochon. Charité bien ordonnée commence par soi-même.

10

Ça, pour renouer, elle a renoué ! Ses crochets par l'atelier, entre midi et deux ou après quatre heures, se font de plus en plus réguliers. Jusqu'à devenir quasiment quotidiens. Elle apprend à jongler avec le temps : lorsqu'on court, on divise par deux la durée d'un trajet, par trois, même, si on court très vite. Partant de ce principe, elle aménage ses horaires, volant par-ci, par-là, en toute impunité, des petits moments de bonheur.

Pourquoi se donner tant de mal ? me direz-vous. Polochon est parfaitement rétabli et n'a plus besoin d'elle. Qu'est-ce qui motive, alors, cette sollicitude ?

Une chose bien plus puissante que la philanthropie, bien plus puissante que tout, dont Rose, dans sa naïveté, n'a pas encore conscience. Cette chose s'appelle l'amour. Mais n'anticipons pas. Pour l'heure, la jeune fille se contente d'être subjuguée.

Et par quoi donc ?

Par le talent du gros.

Des heures, elle serait capable de le regarder travailler, béate d'admiration. Oui, des heures, si elle en avait le loisir. Vu les circonstances, ces heures se réduisent à des minutes, dix, vingt dans le meilleur des cas, avant que l'horaire ne la fasse fuir, l'image des larges mains parant le cuir, maniant avec dextérité aiguille, fer à dorer, cutter, imprimée dans la tête.

Le reste de la journée, elle ne pense qu'à ça. Et la nuit aussi. Sans se douter une seconde que ce qui la tient éveillée, haletant dans le noir, les mains de Polochon en gros plan devant les yeux, c'est le désir.

Polochon, lui, le sait.

Il y a à présent plus d'un mois qu'il est rentré d'Espagne. Il a repris toutes ses activités, y compris l'enseignement : de futurs relieurs, adultes pour la plupart, viennent chez lui prendre des cours le lundi après-midi. Rose les connaît bien. En riant, il la leur présente comme « sa petite maîtresse », et elle est toute fiérote : le terme évoque pour elle les romans de Colette. Ce qu'il recouvre en vrai, elle ne veut pas le savoir ; son parfum d'interdit et de mystère lui suffit.

Comment, dans ce cas, ne pas craquer, lorsqu'on a cinquante ans, une libido encore exigeante et personne pour l'assouvir ? L'enfant n'est pas une beauté, c'est indéniable. Mais il l'a sous la main, et il n'a qu'elle...

Un jour, pour tester son pouvoir et amorcer l'inévitable rapprochement, il lui lance : « Tu sais ce que c'est, ça ? »

Du doigt, il désigne l'un des nombreux flacons garnissant l'étagère de produits chimiques qui lui servent à vieillir le cuir, lorsqu'il restaure des livres anciens.

« Non », répond Rose qui s'en fout.

Elle est, une fois de plus, perdue dans la contemplation de ses mains, ce qui capte toute son attention et même bien au-delà.

« De l'acide sulfurique concentré.

– Ah?

– Autrement dit, poursuit Polochon, implacable, du vitriol. »

Le mot interpelle Rose, la tirant de sa léthargie. Elle a lu *Les Mystères de Paris*, d'Eugène Sue. Un bagnard évadé se « débarbouille » avec cette substance hautement corrosive afin d'échapper aux geôliers qui le traquent. En quelques instants, son visage n'est plus qu'un amas de chairs informes, un masque d'épouvante sur la description duquel l'auteur s'attarde complaisamment. Et le bagnard, changeant d'identité, devient « le monstre » mais conserve sa liberté.

« Attention, c'est très dangereux! s'exclame-t-elle.

– Je sais, dit Polochon, jouant négligemment avec le bouchon. Tu ne devineras jamais ce que je compte en faire! »

Il émet un petit rire à donner froid dans le dos.

« Je compte en envoyer une giclée à Monique si je la rencontre un jour dans la rue. »

En un éclair, Rose, horrifiée, visualise la scène. *Monique sortant de chez elle, ses longs cheveux sombres au vent, traversant le carrefour, empruntant le pont du chemin de fer en direction de la rue de Trône. Tapi dans l'ombre, quelqu'un la guette, qui se redresse à son approche et projette l'acide dans sa direction. Elle hurle, porte les mains à son visage si fin, si délicat. Quand elle les retire, elle n'a plus de nez, plus de lèvres. Ses joues, calcinées, bouillonnent. Sa peau part en lambeaux...*

« Tu es fou ! bredouille Rose, grelottant de la tête aux pieds.

– Elle le mérite ! assure le gros. Pas la moindre lettre, depuis bientôt cinq mois ! »

Il soulève le flacon en direction de la fenêtre, l'agite, observe les reflets de la lumière dans le verre fumé.

« Je t'en prie, gémit Rose, range cette saloperie et je ferai tout ce que tu voudras !

– Vraiment tout ? », sourit Polochon.

Tranquillement, il repose le flacon sur l'étagère, puis s'avance vers Rose, la prend dans ses bras et l'embrasse. Elle se laisse faire, toute crispée, pas vraiment consentante mais pas fâchée non plus. Juste dépassée par les événements.

Le baiser ne dure pas. A la suite du choc qu'elle vient de subir, la jeune fille a mauvaise haleine.

« De toute façon, tu n'avais rien à craindre, ce n'était que de l'eau oxygénée », dit Polochon en la repoussant.

Il faut cinq bonnes minutes à Rose pour comprendre qu'il s'est moqué d'elle. Quand elle le réalise, son soulagement est tel qu'elle lui saute au cou. Le gros lui file un peu d'alcool de menthe, histoire de lui rafraîchir la bouche, puis remet ça. Cette fois, elle participe. Elle ferme les yeux, s'offre à la langue qui cherche la sienne, se sent devenir molle, fondante, liquide. Et quand le baiser s'achève, elle murmure, en extase :

68

« Mon Polochon à moi...

– Non, corrige ce dernier, pas Polochon, plus jamais Polochon. C'était le nom réservé à Monique. Dorénavant, tu m'appelleras Louis, comme tout le monde. »

11

Le dernier dimanche de mai, c'est la Fête-Dieu. En
cet honneur, la paroisse organise une grande procession. Les parents de Rose, catholiques pratiquants, y
participent. Le quincaillier est même porte-bannière.

« J'ai la migraine, prétexte Rose au moment de partir.

– Alors, reste ici et repose-toi, dit son père. Inutile
d'aller piétiner pendant deux heures, par cette chaleur.

– Il y a de l'Aspirine dans la pharmacie, ajoute sa
mère. Dépêchons-nous, Marcel, nous allons être en
retard. »

La porte à peine refermée, Rose quitte son expression
de souffrance diplomatique et se rue sur le téléphone.

« Allô, Louis ? Je suis libre jusqu'à 4 heures.

– Ça tombe bien, répond-il, j'ai justement besoin
de toi. »

Le ton est geignard, elle s'inquiète :

« Qu'as-tu ? Tu es malade ?

– Si on veut... Viens vite, je t'expliquerai ça quand
tu seras là. »

Un quart d'heure plus tard, ayant battu tous ses
records de vitesse, elle sonne chez lui, hors d'haleine.
Il vient lui ouvrir torse nu et la lippe gourmande.

« Tu as plutôt l'air d'aller bien, remarque-t-elle, hypnotisée par sa poitrine velue qu'elle aperçoit pour la première fois.

– Tu te trompes, petite, je suis malade ! Malade d'amour ! »

Sans lui laisser le temps de dire ouf, il l'enlève dans ses bras et l'emporte dans le petit bout de jardin inondé de soleil. Là, il la pose dans l'herbe, s'allonge sur elle et la prend par surprise, sans même lui demander son avis.

« Aïe, crie Rose, ça fait mal !

– Détends-toi », l'exhorte-t-il en soufflant comme un phoque.

Elle fait son possible pour, mais ce n'est pas facile. Avec ce truc énorme qui force le passage...

La douleur ne diminue pas, bien au contraire : à chaque coup de reins, elle est plus aiguë, plus profonde.

« Dix ! dit soudain Louis.

– Quoi ? ânonne Rose tout en se tortillant, les yeux piquants.

– Dix, répète-t-il. Sept et trois... »

Il rit, suant, haletant, les joues tuméfiées par l'effort. « Comme si c'était le moment de faire des jeux de mots ! », pense Rose, qui se mord les lèvres pour ne pas crier.

Enfin, le supplice s'achève et Louis se retire.

« Comment tu as trouvé ? demande-t-il, affalé sur le flanc.

– Atroce, répond Rose. Quand je pense qu'on en fait tout un plat... Moi, je ne recommencerai jamais ! »

71

Et, pleine d'une sourde rancune, elle se lève, remonte sa culotte et s'en va.

La procession n'est pas terminée, loin s'en faut. Lorsqu'ils rentreront, une heure et demie plus tard, ses parents la trouveront au lit, une bouillotte sur le ventre, en train de bouquiner.

« Tu as le tour des yeux rouges, remarquera sa mère. On dirait que tu as pleuré.

– C'est parce que je suis indisposée », répondra-t-elle sans hésiter.

Pendant deux jours, Rose rumine. Elle qui rêvait d'une première fois comme dans les livres ne pardonne pas au gros ce dépucelage bâclé. « Plus jamais... plus jamais... », ressasse-t-elle, l'entrejambe en berne.

Encore une chance que sa mère, compréhensive – les misères de filles, ça la connaît ! – l'ait autorisée à garder la chambre lundi : c'est jour de gym, et courir un cent mètres dans ces conditions, merci bien !

Cependant, à mesure que sa chair cicatrise, sa rancœur s'émousse. Si bien que le troisième jour...

« Allô, Louis ?

– Ah, c'est toi ? Alors, toujours fâchée ?

– Euh... non, mais j'ai encore mal.

– Le seul remède, c'est de recommencer, ma cocotte ! Soigner le mal par le mal, comme on dit... Je t'attends ! »

S'il y a du cynisme dans cette réflexion, Rose ne le perçoit pas.

« Tu crois ? », hésite-t-elle.

Et elle se pointe.

Ils s'embrassent en silence, puis Louis la pousse doucement vers le lit.

« Je vais prendre un maximum de précautions, promet-il. Serre les dents, petite, et essaie de jouir. Essaie de toutes tes forces. Tu DOIS y arriver ! »

Docile, elle se concentre. Et découvre l'orgasme.

Désormais, leurs rencontres auront un but : le plaisir.

12

Les jours passent. Louis est insatiable. A midi et le soir, il attend Rose à la sortie des cours, sur un vieux vélo. Les copines le prennent pour son oncle, et c'est tant mieux : ça évite qu'elles ne jasent. Et surtout, que l'écho de ses fredaines ne parvienne jusqu'à ses parents.

Le cœur bondissant, elle se précipite vers lui en claironnant : « Bonjour tonton ! » et enfourche le porte-bagages, dans l'indifférence générale. Toute l'école n'a d'yeux que pour Claire, dont le nouveau prétendant se pavane en Jaguar type E...

Vite, vite, ils gagnent l'atelier pour s'abattre n'importe où et, vite, vite, se donner du bonheur.

Durant deux mois, Rose vit sur un nuage. La petite fille moche se sent belle, désirable. Désirée. Pareille aux Angélique, Ambre et autres *Caroline Chérie* de ses romans, auxquelles elle s'identifie avec passion. Et pourtant...

Pourtant, en dehors de ces moments privilégiés, tout n'est pas rose dans la vie de Rose. L'ambiance de la Trinité lui pèse de plus en plus. Quant à ses parents, alors là !

On ne peut pas qualifier Marcel et Suzanne Vermeer de « parents dans le coup », surtout elle, femme austère, intransigeante, « d'une beauté de reine », selon le terme de son mari qui, petit, sec et peu gâté par la nature, lui voue un véritable culte. Leur fille unique, née sur le tard, est leur fierté – et leur souci, car elle ne ressemble guère au portrait-robot que, d'un commun accord, ils s'étaient forgé d'elle. Marcel rêvait d'une seconde Suzanne ; Suzanne d'une autre elle-même, mais encore plus parfaite. Or, Rose est tout l'inverse : paresseuse, tête en l'air, maladroite, rebelle... Sans compter son physique ingrat ! Désarçonnés par cette étrangère issue de leurs gènes et que chaque jour qui passe éloigne un peu plus d'eux, les Vermeer père et mère tentent donc, en permanence, de redresser la barre. Avec les conflits que cela implique. Les cris, les engueulades, les punitions. Ou, en période de trêve (car il y en a, fort heureusement !), une désapprobation muette dont Rose sent peser le poids sur ses épaules.

Pas évident d'être un petit canard couvé par des cygnes !

Un jour où l'atmosphère a été particulièrement irrespirable, Rose prend une grave décision : « J'en ai assez, je fugue ! » Si bien qu'à 4 heures, lorsque Louis l'embarque à la sortie des cours, elle lui annonce tout de go : « Je m'installe chez toi ! »

Il fronce les sourcils : « On en reparlera tout à l'heure » et, après l'amour, remet ça sur le tapis.

Là, Rose tombe de haut.

Parce que Louis n'est pas d'accord.

Pas d'accord du tout.

Il n'a aucune envie de plonger pour une histoire de mœurs, le gros! Déjà qu'en l'amenant ici plusieurs fois par jour, il prend des risques insensés! A-t-elle oublié ce qui s'est passé, avant son départ?

« Mais tu m'as dit que c'était ton voisin, proteste-t-elle.

– Je t'ai aussi précisé qu'il était gendarme à la retraite, rappelle-toi. Les poulets d'à côté sont ses potes, et les renseignements qu'il leur transmet sur moi ne vont pas au panier : je suis fiché, ma belle. Tu comprends ce que ça signifie?

– Ben...

– Ça signifie qu'à la moindre incartade, ils me mettent le grappin dessus. Or, héberger une mineure en fuite, c'en est une, d'incartade, et de taille! D'autant que s'ils poussent l'enquête et découvrent à quoi nous passons notre temps...

– Mais enfin, tu m'aimes! proteste Rose. Tu ne peux pas accepter que je sois malheureuse! »

Il lui sourit, l'exhorte à la patience.

« Les choses s'arrangeront d'elles-mêmes, tu verras... On supporte mal ses parents, à ton âge, en oubliant que pour eux non plus, ce n'est pas simple. Ils sont parfois à côté de la plaque, j'en conviens, mais tu m'as, moi, pour compenser. On n'est pas bien, tous les deux?

– Justement, j'aimerais que ça dure tout le temps!

– Pour que la routine s'installe? Que nous devenions un ménage planplan, au lieu de cette clandestinité magique? Un amant, c'est mille fois mieux qu'un mari, tu sais. Et même qu'un concubin! »

Comme il connaît sa Rose, ce vieux roublard! Comme il sait ce qui la touche! Amant... clandestinité... ces mots sont, pour elle, plus convaincants qu'un long discours.

« Mais quand même, proteste-t-elle faiblement, je n'ai pas envie de rentrer, moi...

– Tu sais ce qu'on va faire? On va leur donner une bonne leçon, à tes vieux. Tu vas rester ici jusqu'à 8 heures du soir, de sorte qu'ils aient bien le temps de s'angoisser. Ensuite, je les appellerai. Je leur expliquerai que tu es en pleine détresse et que, ne sachant où aller, tu es venue te réfugier chez moi. Après t'avoir raisonnée pendant des heures, je t'ai convaincue de renoncer à ta fugue, sous certaines conditions : premièrement, qu'ils ne te grondent pas, et deuxièmement, qu'ils ne s'opposent plus à ce que nous nous voyions.

– Tu vas leur dire qu'on couche ensemble? s'effare Rose.

– Bien sûr que non, grande sotte! Je suis juste un ami, en tout bien tout honneur. D'autant que, dans cette affaire, je leur ai rendu un fier service : je t'ai quand même remise dans le droit chemin! S'ils ne me sont pas reconnaissants, après ça... »

Rose hoche la tête, déçue :

« Mouais... Pas bête, comme plan... »

Pas bête, mais si tordu, si pervers qu'elle en éprouve la nausée. Son beau projet tourne court, devient une sordide magouille... « Allons allons, redescends sur terre! se raisonne-t-elle. Regarde où ça mène, de prendre ses désirs pour des réalités : tu as encore failli provoquer des catastrophes... Heureusement que Louis a les pieds sur terre, lui ! Au lieu de le traiter de magouilleur, remercie-le plutôt de s'être décarcassé pour tout arranger ! »

Elle ébauche un petit sourire penaud.

« Merci...

– Si tu me prouvais ta reconnaissance d'une autre manière ? », susurre le gros, égrillard.

Et il la renverse à nouveau sur l'édredon.

Son coup de téléphone atterrit en plein désarroi. Les parents de Rose sont effondrés. Et ne comprennent pas. Leur progéniture les déroute, une fois de plus. Que veut-elle ? Qu'est-ce qu'il lui a pris ? Que leur reproche-t-elle ? Pourquoi avoir commis cet acte abominable, après tout ce qu'ils ont fait pour elle ? « Elle est gâtée-pourrie, monsieur. Trop peut-être. Et pas la moindre reconnaissance... » Le bobard du gros, loin de les apaiser, accroît, au contraire, leur consternation. Non seulement leur fille fait preuve d'ingratitude en leur tournant le dos, mais c'est auprès d'un inconnu, ou presque, qu'elle cherche de l'aide. Quelle déception ! Etre ainsi trahis par la chair de sa chair... Leur frustration est à la mesure de cet échec.

Louis parlemente, argumente, dédramatise. Et finit, sinon par les apaiser, du moins par les convaincre d'écouter ses conseils. Le couple qui débarque, un peu plus tard, à l'atelier, est pathétique. Deux adultes ébranlés dans leurs certitudes par les caprices d'une enfant.

Rose, en uniforme d'écolière, les attend sagement, les bras croisés sur la poitrine, le buste bien droit, les genoux serrés. Les yeux baissés dans une attitude repentante, pour la plus grande jubilation de Louis qui la compare, en rigolant intérieurement, avec celle qu'elle avait, une demi-heure plus tôt, entre ses bras. Fameux contraste, et dont il est – oh, que cela le ravit ! – l'artisan !

Les retrouvailles, elles aussi, sont pathétiques. Larmes, protestations de tendresse, reproches, larmes à nouveau. Rose a honte de ce qu'elle a fait, tellement honte ! « Si vous saviez, papa et maman, à quel point je m'en veux !

– Ne la jugez pas trop sévèrement, intervient Louis, c'est une bonne petite, elle n'a pas réfléchi. Cette génération est impulsive, que voulez-vous ? Il faut bien que jeunesse se passe... »

Bref, après les effusions d'usage, les Vermeer s'en vont, leur Rose sur les talons. Une Rose qui, malgré la tournure positive des événements, a le sentiment confus de s'être fait avoir.

A peine chez elle, d'ailleurs, elle vomit.

« C'est le contrecoup, diagnostique son père. Ce qui vient de se passer lui a donné un choc. »

Il ne se doute pas à quel point.

13

Peu de temps après :

« Tiens ? s'étonne Rose, je n'ai pas encore eu mes règles, ce mois-ci. »

Cela ne la tracasse pas outre mesure. Louis a fait attention, il tient un calendrier strict des dates et, durant les « moments critiques », utilise le préservatif. Elle a d'ailleurs horreur de ce ridicule accessoire qui, si ça ne tenait qu'à elle, resterait dans sa boîte. Mais le gros est intransigeant sur ce point : il n'est plus en âge de commettre ce qu'on nomme pudiquement « des bêtises ». Rose a beau lui répéter : « Regarde-moi, est-ce que j'ai un physique à tomber enceinte ? », rien n'y fait. Il veut bien admettre qu'en effet, elle est plus proche du garçonnet que de la matrone, mais ce n'est pas une raison pour tenter le diable.

Dans ces conditions, comment aurait-elle pu être fécondée ? Elle ne juge donc pas utile de le mettre au courant.

Une semaine plus tard, toujours rien.

« Louis ?

– Mmm.

– Ça ne te plairait pas, un petit enfant de moi ? »

Le gros lève les yeux au ciel.

« Arrête de plaisanter avec ça !

– Mais je suis très sérieuse !

– Tu tiens vraiment à ce que j'aie des ennuis ? »

Rose n'insiste pas. « N'empêche, se dit-elle en son for intérieur, j'aimerais bien, moi, trimbaler un Louis miniature vingt-quatre heures sur vingt-quatre dans mon ventre : j'aurais l'impression d'être tout le temps avec lui ! » Elle redoute la fin de l'année scolaire. Ses haltes à l'atelier vont devoir s'espacer, forcément. Même si Louis est venu un soir dîner à la maison (il fallait bien le remercier pour son intervention dans l'affaire de la fugue, n'est-ce pas ?), les Vermeer s'en méfient toujours. Ils n'apprécient pas que leur fille tutoie « ce gros bonhomme » : une telle familiarité entre une adolescente et un quinquagénaire ne leur dit rien qui vaille. De sorte que, après quelques tentatives pour faire entrer Louis dans son cercle familial, Rose y a renoncé. Elle s'est même résolue à ne plus parler de lui, comme s'il lui était devenu subitement indifférent, ce que ses parents ont paru apprécier. Pas question qu'ils découvrent, à présent, qu'elle court le rejoindre à tout bout de champ !

Comment survivra-t-elle, pauvre petite, sans ses deux câlins quotidiens ?

Par ailleurs, le spectre des vacances se profile à l'horizon, et ça, c'est pire que tout. Imaginez un peu, quinze jours de séparation !

C'est dans cet état d'esprit qu'elle aborde sa troisième semaine de retard.

Elle est revenue à la charge et Louis commence à paniquer. Le voilà qui suggère l'avortement, maintenant. Rose demande des précisions. Elle ne connaît même pas la signification du mot !

Avec une patience quasi didactique, Louis lui explique de quoi il retourne : les faiseuses d'anges, l'aiguille à tricoter, l'aspiration, etc. Elle n'en croit pas ses oreilles : c'est son gros, son tendre, son amour qui veut lui imposer une telle ignominie ? L'obliger à ouvrir les jambes devant une sorcière aux doigts crochus, pour qu'elle la charcute ?

Elle refuse, épouvantée.

Il insiste :

« Tu ne sentiras rien, je t'assure. Ton sang reviendra tout simplement, et plus de problème.

– Mais mon petit ? proteste Rose que l'instinct maternel commence à tourmenter.

– Ce n'est que partie remise : si tu veux un enfant, nous nous marierons et nous en aurons un, à ta majorité !

– Pourquoi on ne garde pas plutôt celui-là ? Il est déjà fait !

– Parce que c'est bien trop tôt, voilà pourquoi. Parce que tu as à peine seize ans, et qu'engrosser une gosse de seize ans, c'est un délit passible de prison. Ça te suffit, comme raison ? »

Non, Rose est désolée : face à la faiseuse d'anges, la prison ne fait pas le poids.

« Et tes parents, tu y as pensé, à tes parents ? »

Eux non plus ne font pas le poids.

« Qu'est-ce que je peux dire pour te convaincre ? » explose Louis.

Rose prend son air buté.

« Pas la peine de te fatiguer, c'est décidé, je le garde. »

14

Tous les ans, en août, les Vermeer louent une résidence à Westende, petite station balnéaire au bord de la mer du Nord. Le 31 juillet, donc, après la fermeture du magasin, ils chargent la voiture, embarquent leur fille qui boude (« Tu n'es pas contente de retrouver la plage, les dunes, les mouettes ? – Nan ! – Ah, ces adolescentes, quelle plaie ! ») et en route pour le littoral.

Durant tout le trajet, Rose retient ses larmes. La perspective de ces deux semaines de « célibat » l'horrifie. Même si, sa présumée grossesse ayant quelque peu altéré leurs rapports, Louis est moins empressé que dans le temps, elle ne peut plus se passer de lui. Le contact de sa peau, ses baisers, ses caresses, le son de sa voix sont devenus pour elle une nécessité vitale. Son oxygène. Son boire et son manger. Privée de tout cela, elle s'étiole, s'asphyxie et meurt d'inanition.

Après deux heures d'autoroute, la voiture longe la digue sur une trentaine de kilomètres avant de bifurquer vers l'intérieur des terres. Et stoppe devant Bel Horizon, une villa 1930 prétentieuse, tarabiscotée, posée au beau milieu des dunes parmi les genêts, les argousiers et les bunkers.

« C'est là ? s'écrie Rose, incrédule.

– Oui, répond son père. Je m'y suis pris un peu tard, l'appartement habituel n'était plus libre.

– Mais c'est affreux ! Je...

– Moi, je trouve ça charmant, coupe sa mère. Et si pittoresque ! »

Une femme en tailleur fait les cent pas devant le portail : l'employée de l'agence immobilière. Elle les invite à visiter la monstruosité.

L'intérieur est encore pire que l'extérieur. Tous les camaïeux de grisâtre et de brunâtre s'y sont donné rendez-vous.

« Et ça sent le moisi, en plus, souffle Rose à sa mère. Oh, j'ai la nausée...

– Petite nature, va ! s'esclaffe son père.

– Voici la chambre de la jeune fille », annonce l'employée de l'agence, en ouvrant une pièce particulièrement sombre et malodorante. « Ma prison », pense Rose.

Elle s'enferme à double tour, le cœur au bord des lèvres, et entreprend de ranger ses affaires. Sa valise contient peu de vêtements : deux robes bain de soleil, un short, un pull, un maillot. Le reste, c'est pour s'habiller l'âme : un mouchoir froissé, chipé à Louis, une vue d'avion de l'Estrémadure, une boîte de *polvorenes*, et des poèmes de García Lorca, reliés par le maître dans un vélin pourpre aussi doux au doigt qu'une muqueuse intime.

Rose enfouit ces trésors dans le tiroir de la table de chevet, puis sort en déclarant à ses parents : « Je vais me balader. »

En fait, elle part en repérage.

Elle cherche une cabine téléphonique.

Qui marche.

Et, miracle, en trouve une, à une centaine de mètres. Qu'elle expérimente *illico presto*.

« Allô, Louis ? »

Ce geste, elle le fera deux fois par jour durant toute la durée des vacances. Trente appels à quinze francs belges l'unité, la totalité de son argent de poche va y passer, mais peu importe, elle n'a pas le choix, c'est entendre son gros ou mourir, et elle veut vivre.

Quand elle ne téléphone pas, Rose écrit. Des lettres exaltées. Louis ne les ouvre même pas, mais elle ne le saura que plus tard, quand elle retrouvera le paquet intact dans le buffet de l'atelier. Le mal au cœur s'est installé et ne la quitte plus, confirmant, si besoin était, sa grossesse. Les odeurs de poisson pané qui s'échappent de la cuisine à l'heure des repas la mettent au supplice. Elle essaie de résister mais en vain : une houle incoercible lui soulève l'œsophage. Alors elle fonce vers les cabinets, tire la chasse pour couvrir le bruit de ses efforts, s'agenouille devant la cuvette, puis, la bouche aigre, revient s'asseoir à table comme si de rien n'était.

Ses parents mettent sa pâleur et son manque d'appétit sur le compte de « l'âge ingrat », et s'ils se tracassent, ne le montrent pas. Echaudés par leur précédente expérience, ils préfèrent ménager sa susceptibilité. Dieu sait de quoi elle serait encore capable !

En fouinant dans la cave de la villa, Rose a dégoté un vieux vélo rouillé. Avec l'aide de son père, elle le nettoie, l'huile, le regonfle et, désormais, passera la majeure partie de ses journées à califourchon dessus. Cela lui permet de fuir le regard maternel trop perspicace et, surtout, la vitesse et le vent la soulagent. Elle s'absorbe farouchement dans le jeu de ses jambes, tente de battre ses propres records, pour, le temps d'un sprint, oublier son malaise. Puis, le souffle court, elle s'effondre à plat ventre sur la plage, ferme les yeux, et songe à son gros.

C'est au cours d'une de ces escapades, sur la digue qui mène à Middlekerke, qu'elle se trouve nez à nez avec Etienne.

« Ça alors, qu'est-ce que tu fiches ici ?

– Je me promène, et toi ? »

Etienne est un ami de longue date, le voisin de tante Ida qui habite, sur les hauteurs de Liège, la grande maison où Rose a passé toutes ses vacances jusqu'à la puberté. A douze ans, Etienne était son *crapôt* [1]. Il en a maintenant dix-neuf et est toujours vaguement amoureux d'elle.

Elle, non.

Elle, jamais : il est chasseur. Enfant, déjà, il dénichait les nids. Ça l'a, une fois pour toutes et définitivement, rendu odieux à la « fille de la capitale » que le moindre acte de cruauté révulse. Si elle l'a fréquenté durant toutes ces années, c'était uniquement pour l'empêcher de nuire. Pendant qu'il la « courtisait », au moins, il laissait les oiseaux tranquilles.

1. Crapôt : amoureux, en wallon.

Un jour, elle a même accepté qu'il soulève sa jupe en échange de la vie d'une mère moineau, surprise en pleine couvaison. Rose n'oubliera jamais l'expression de la petite bête, regardant sans broncher le bourreau l'empoigner : elle préférait mourir qu'abandonner ses œufs, mais ses yeux noirs, de la taille d'une tête d'épingle, hurlaient de terreur. Alors, la fillette a craqué. « Tu lui fiches la paix, je te montre ma culotte, donnant, donnant. » Depuis, les jambes maigrichonnes hantent Etienne. Il aimerait bien les revoir, d'autant qu'aujourd'hui, elles doivent s'être gentiment galbées.

« En fait, je suis venu te rejoindre, avoue-t-il. Ta tante m'a donné ton adresse, et comme je n'avais pas de but précis pour mes vacances...

– Tu ne pouvais pas mieux tomber ! », s'écrie Rose, sincère.

Au moins, ça lui changera les idées. Une compagnie, quelle qu'elle soit, est préférable à son épuisante solitude.

« Il y a la kermesse à Ostende, poursuit Etienne. On va danser ?

– Ça, faut d'abord demander à mes parents. »

La demande est faite, en bonne et due forme. Les Vermeer acceptent. Ils connaissent Etienne depuis des lustres et savent pertinemment qu'il déplaît à leur fille. Rien à craindre, donc, de son côté.

« Mais tu nous la ramènes avant minuit ! », recommandent-ils.

Etienne s'y engage.

« Cours vite te préparer, fifille », dit le quincaillier. Rose obtempère, enfile l'une de ses robes bain de soleil – la jaune à rayures ou la bleue unie? –, la jaune, qui fait mieux ressortir son bronzage.

« Prends ton pull, recommande sa mère, les nuits sont fraîches! »

Un bisou, à ce soir, et les voilà partis.

Quand le tram les débarque sur le port d'Ostende, il fait presque nuit. Lampions et guirlandes brillent dans la pénombre. Etienne entraîne Rose dans les rues de la ville transformée, pour l'occasion, en fête foraine géante. De quelque côté que l'on regarde, ce ne sont que manèges, autotamponneuses, stands de tir, tombolas, où se presse une foule joyeuse et bigarrée.

Devant une baraque de frites couronnée de néon, Etienne s'arrête.

« Tu as faim?

– Euh... »

Il lui commande d'office un gigantesque cornet dégoulinant de ketchup. Et, miracle !, elle le mange. Avec appétit, qui plus est. Il y a très longtemps qu'elle ne s'est pas sentie aussi bien. Délicieusement étourdie par l'agitation environnante, elle sourit sans même s'en rendre compte. Et fait une tache de sauce sur sa robe.

« Oh, zut !

– Pas grave, la réconforte Etienne, elle est en forme de cœur ! »

Rose rit. Il en profite pour lui passer le bras autour de la taille. Elle ne le repousse pas. C'est si bon, un homme empressé !

Une piste de danse a été dressée sous un chapiteau. A travers la toile s'échappe une cacophonie de voix et d'instruments. L'entrée est à trente francs – somme dérisoire ! – et donne droit à un rafraîchissement. Etienne prend deux tickets.

A l'intérieur, sur une estrade de fortune, un guitariste, un batteur, un chanteur tout de cuir vêtu, à la mode yéyé. Et des couples piétinant sous les lumières vacillantes d'un stroboscope improvisé.

Retiens la nuit
Pour nous deux, jusqu'à la fin du monde
Oho...
Retiens la nuit
Mon amour, dans sa course vagabonde...

Tandis que l'émule de Johnny Hallyday s'égosille dans son micro, Etienne enlace Rose. Elle ferme les yeux, pose la tête sur sa poitrine et s'imagine de toutes ses forces que c'est Louis. Ce sont les bras du gros, autour de ses épaules. Ce corps qui tremble un peu, c'est le sien. Et c'est sa joue que Rose sent peser dans ses cheveux.

Elle soupire d'aise.

Etienne, se méprenant sur son attitude, accentue sa pression. L'accentue même tellement que c'en devient gênant.

... Pour le bonheur
De nos deux cœurs
Arrête le temps et les heures
Je t'en suppli-i-ie
A l'infini-i-i
Retiens laaa nuit...

Gênant ou agréable ? Rose ne sait plus très bien. « On ferait comme si Etienne était Louis, se raconte-t-elle mentalement. Il m'aimerait à la folie. Là, on est l'un contre l'autre, on danse. Le désir monte peu à peu. Quand nous n'en pourrons plus, il m'emmènera dans sa chambre d'hôtel. Je le laisserai me faire tout ce qu'il voudra. Dans quelques semaines, je m'apercevrai que je suis enceinte. J'avouerai tout à mes parents. Ils convoqueront Etienne et le sommeront de m'épouser. " Avec joie ! s'écriera-t-il. Devenir votre gendre est mon plus cher souhait ! " Malgré notre jeunesse, nous formerons un couple modèle. Pendant que je tricoterai ma layette, blottie près d'un feu de bois, mon mari ira à la chasse, et... »

Hou là, la rêverie tourne au cauchemar ! Il semble à Rose entendre, en arrière-fond de l'orchestre, les cris d'agonie des oiseaux massacrés. Une violente nausée lui soulève l'estomac, un éclair glacé strie son dos. Elle est toute moite, soudain.

« Où sont les toilettes ? », ânonne-t-elle.

Etienne, qui s'attendait à tout sauf à ça, desserre son étreinte, lui répond d'un air ahuri : « Je ne sais pas », elle le repousse, détale, bouscule le vigile et vomit ses frites dans le caniveau.

« Ça ne va pas ? Tu veux que je te ramène ? », dit Etienne, consterné.

En silence, ils reprennent le tram pour Westende.

A côté de l'arrêt, il y a une cabine téléphonique.

« Peux-tu me prêter vingt balles ? demande Rose. J'ai oublié mon porte-monnaie à la maison. »

La sonnerie réveille Louis dans son premier sommeil.

« Qu'est-ce qui te prend d'appeler à une heure pareille ?

– Je voulais juste entendre ta voix.

– Tu sais ce qu'elle te dit, ma voix ? »

Il lui raccroche au nez. Etienne, la voyant ressortir, décomposée, devine tout :

« Tu as déjà quelqu'un dans ta vie et il te fait souffrir, c'est ça ? »

Rose répond : « Bof », ce qui résume exactement son état d'âme.

15

Revenons à Louis. Que fait-il, lui, pendant ce temps ?

Un dimanche matin, il s'est rendu aux puces. Il adore chiner chez les bouquinistes, à la recherche de reliures rares, surprenantes, ou simplement désuètes. Mais ce dimanche-là, ce n'est pas un livre qu'il a trouvé, c'est Johanna.

Johanna est hollandaise, belle, forte et rousse comme le diable. Elle a dix-huit ans, parcourt l'Europe en stop et vit de la fabrication de marionnettes qu'elle vend sur les marchés. Un talent formidable, un rire éclatant, une odeur de fauve et des dents de jeune ogresse, il n'en faut pas plus pour embraser le gros. Il s'empresse de ramener la merveille chez lui ; coup de chance, elle en a marre de sa vie de vagabonde, le bonhomme lui plaît, il est de son bord, elle décide de rester.

Au-dessus de l'atelier, au troisième étage, se trouvent des mansardes donnant sur les toits – les beaux vieux toits bruxellois faits de tuiles sombres serties de zinc– qui servent de greniers aux locataires. Celle impartie au rez-de-chaussée est la plus grande, la plus ensoleillée ; le petit Raymond y loge lorsqu'il vient chez son père. Cette chambre, Louis l'a donnée à Rose au lendemain de sa fugue, histoire de faire passer la pilule. « Dorénavant, ce sera ton petit coin personnel, ton jardin secret. » Elle y a naïvement entreposé ses livres préférés, quelques culottes de rechange et son « Biloko », vieux fétiche africain qu'elle affectionne depuis toujours. Louis ramasse tout ça, en fait un paquet qu'il descend à la cave, et Johanna s'installe.

En quelques heures, la belle voyageuse métamorphose l'endroit. Les murs disparaissent sous de vieilles dentelles et des châles multicolores, des éclairages indirects font surgir du néant d'inquiétantes marionnettes, adroitement dissimulées derrière des tentures, le lit disparaît sous un amas de coussins. Louis en reste pantois. « Tu es une magicienne, Johanna ! Tu ensorcelles tout ce que tu touches, y compris moi ! » De sorte que, les vacances terminées, lorsque Rose débarque toute tremblante de désir, la place est prise.

« Qui est-ce ? souffle-t-elle, croyant à une simple visiteuse.

– Une pauvre gosse que j'ai recueillie, répond Louis. Elle traînait dans la rue... Mais ne t'inquiète pas, il n'y a rien entre elle et moi : je ne supporte pas les rousses !

– Et... elle va rester longtemps ici ?

– Oui, je l'ai engagée comme apprentie.

– Ah bon ? Tu n'as pas peur que le voisin du dessus... Elle est mineure, elle aussi, non [1] ?

– Ses parents l'ont émancipée. De plus, avec un contrat d'apprentissage, je suis inattaquable ! »

---

1. Dans les années soixante, la majorité était encore à vingt et un ans.

Doublement rassurée, Rose tend ses lèvres. Il y a si longtemps qu'elle attend cet instant! Que de fois, dans les draps moisis de Bel Horizon, elle se l'est répétée, la grande scène des retrouvailles! Avec arrêt sur image, gros plans, travelling avant, arrière, et tout et tout! Ça lui tirait des larmes, parole d'honneur! Quand ça ne lui donnait pas des suées...

Mais Louis a un mouvement de recul: « Pas devant elle, voyons! Tu n'as donc aucune pudeur? »

Une petite parenthèse avant de poursuivre: Johanna ne parle pas un mot de français, Rose ignore le néerlandais, mais Louis est parfait bilingue. Il détient donc le monopole de la communication et, l'on s'en doute, ne traduira qu'à bon escient, dans le sens de ses intérêts. D'où, une totale incompréhension entre les deux filles, fin de la parenthèse.

Avec le retour de Rose, Louis se retrouve face à une préoccupation majeure: l'enfant. Durant les vacances, accaparé par Johanna, il l'avait un peu perdu de vue. Il espérait vaguement que le cocktail mer-vélo provoquerait une fausse couche spontanée. Or, il n'en est rien, « le parasite s'accroche », comme il dit, et il entend bien lui faire lâcher prise avant que le scandale n'éclate. C'est mal connaître Rose, plus que jamais décidée à aller jusqu'au bout. Tour à tour suppliant, tendre, menaçant, le gros lutte pied à pied contre cet entêtement qu'il juge puéril. « Un gosse de quatre ans armé d'une bombe, voilà ce que tu es ! » Et cette bombe, il faut à tout prix qu'il la désamorce...

Car, non contente de le mettre en danger, Rose entrave son bonheur.

L'arrivée de Johanna a, en effet, relégué la future mère au second plan. Que dis-je ? à l'arrière-plan. Loin, loin derrière, le plus loin possible. En fait, Louis n'a plus qu'un désir : la larguer. Il a commis une fatale erreur en la dépucelant, il le réalise maintenant, il est trop bon, voilà son drame. Cette petite laissée-pour-compte lui faisait pitié avec ses yeux débordants d'amour, il a eu la faiblesse de céder et maintenant, pour s'en débarrasser ! Rien n'est plus collant qu'un laideron épris !

D'autant que ce laideron-là a, sur lui, un redoutable moyen de chantage : un mot de sa part et la maréchaussée rapplique !

« Si ça se trouve, tu l'as fait exprès pour m'avoir à ta botte ! », lui lance-t-il un jour, exaspéré, oubliant que la pauvrette est bien incapable d'un calcul de ce genre, tant par tempérament que par manque d'information.

Et elle, magnifique :

« Tu te trompes, Louis, je ne te demande rien. Mon petit, je l'élèverai toute seule. Je me ferai femme de ménage, balayeuse de rue, mendiante, mais il ne manquera de rien, ça, je te le jure ! Et personne ne saura qu'il est de toi, si c'est ce qui te tracasse ! »

Le gros hausse les épaules avec accablement :

« Cause toujours, va, je connais les bonnes femmes ! »

16

Rose a un exposé sur Diderot à préparer. Or, c'est justement aujourd'hui que Louis se rend à la BR – la Bibliothèque Royale, dont il est le restaurateur officiel –, pour livrer son travail du mois.

« Maman, j'ai besoin de précisions sur L'*Encyclopédie*. Faut que j'aille à la BR.

– Celle du quartier n'est pas suffisante ?

– Non, ils n'ont pas grand-chose comme documentation.

– Vas-y, consent Mme Vermeer, mais ne traîne pas en route ! »

Aucun risque : quand il s'agit de retrouver son gros, même escorté de l'inévitable Johanna, Rose se sent des ailes !

O joie ! La Hollandaise est en vadrouille. Rose s'épanouit. Elle va avoir Louis rien que pour elle. En plus, comme un bonheur n'arrive jamais seul, il est de bonne humeur.

« Cours vite chercher ta documentation, on rentre », déclare-t-il.

Un frémissement d'espoir parcourt Rose. S'il n'y a personne à l'atelier, peut-être pourront-ils... ? Depuis son retour de Westende, le gros ne l'a pas effleurée. Inutile de choquer Johanna, n'est-ce pas ?

En deux temps trois mouvements, elle est prête à partir.

Pour rejoindre l'avenue Victor-Hugo, il faut remonter vers le palais royal en longeant le Ravenstein, passage à colonnades bordé de jardins privés. L'un d'entre eux, une propriété entourée de hauts murs, laisse deviner, entre les cimes des arbres, la présence d'une bâtisse ancienne. Or, dans le mur, il y a une petite porte. Et cette petite porte est entrouverte...

Rose et Louis se consultent des yeux, échangent un sourire de connivence, la franchissent furtivement. Et entrent de plain-pied dans l'aventure.

Les lecteurs de Michel De Ghelderode [1] savent la fascination qu'exerce ce genre de lieu sur un esprit sensible aux vieilles légendes flamandes. Louis et Rose traversent, à pas de loup, le parc à l'abandon. Sentiers envahis d'herbes folles... Parterre de rosiers redevenus sauvages, que des parasites feuillus dévorent tout vifs... Statue rongée par les intempéries sur laquelle sont perchées deux corneilles braillardes... Arbres morts dont les branches s'ornent de lourdes draperies de lierre et que tapisse une mousse pulvérulente...

« Le jardin malade [2] ! » murmure Rose, bluffée.

---

1. Michel De Ghelderode : écrivain belge (1898-1962), auteur de nombreuses pièces de théâtre et de nouvelles fantastiques.
2. « Le jardin malade » : nouvelle de Michel De Ghelderode extraite de son recueil le plus connu : *Sortilèges et autres contes crépusculaires* (Editions Marabout).

Dans ce désordre âcre et sensuel se dresse l'habitation : un petit château baroque visiblement inhabité, en parfait état de conservation.

Nos deux aventuriers font le tour du bâtiment. A l'arrière, une sorte d'annexe, à l'évidence plus récente, rompt l'harmonie de l'ensemble. Rose l'inspecte avec intérêt, lorsque soudain :

« Oh ! Louis, viens voir ! »

Du doigt, elle montre une fenêtre entrebâillée, à quelque deux mètres cinquante du sol.

Ils se regardent, se comprennent. Sans un mot, Louis soulève Rose à bout de bras et la dépose sur l'appui de fenêtre en pierre de taille sculptée. L'instant d'après, elle lui ouvre de l'intérieur, la porte n'étant bloquée que par un gros verrou.

Et là, leur enchantement ne connaît plus de bornes. Car l'annexe n'est autre qu'un petit théâtre.

Une toile de fond d'inspiration vénitienne, marbrée d'humidité, est encore en place sur la scène, ainsi que des gondoles factices. Le rideau de velours pourpre, retenu par des embrases dorées, également. Des sièges éventrés s'alignent devant, dans l'attente d'on ne sait quels spectateurs fantômes. Un lustre de cristal, pendu au plafond, jette encore çà et là des éclats d'arc-en-ciel, malgré l'épaisse couche de poussière qui le recouvre.

« Je rêve, s'exclame Rose. Ce genre d'endroit n'existe que dans les contes de fées !

– Viens me rejoindre en coulisse au lieu de dire des âneries, crie Louis. J'ai trouvé un passage ! »

Le passage en question – une porte dérobée, dissimulée dans le décor – donne accès aux loges, elles-mêmes s'ouvrant sur un corridor. Main dans la main, Louis et Rose l'empruntent. Et se retrouvent dans le hall d'entrée.

Ils visitent tout de fond en comble : les salons tapissés de glaces ternies et ornés de monumentales cheminées, les chambres dépourvues de meubles mais gardant, dans leur tapisserie, la trace plus claire des cadres qui y étaient accrochés – « des cadres en négatif », comme dit joliment Louis –, les greniers voûtés d'où l'on a vue jusqu'à la Grand-Place. Et même les communs, même les escaliers qui n'en finissent pas, même les couloirs labyrinthiques. Puis, la visite finie, chacun s'en retourne chez soi. (Le temps imparti à la halte dans l'atelier étant largement écoulé, Rose voit son câlin remis aux calendes grecques. Mais bon, ça en valait la peine : parfois, les ravissements de l'âme sont plus satisfaisants que ceux de la chair – c'est du moins ce qu'on se dit, en pareil cas, pour se consoler.)

Avant de quitter son gros, Rose lui arrache une promesse solennelle : ne rien révéler, à quiconque, de leur découverte. « Ce sera notre petit secret à nous, tu veux bien ? » Bon enfant, il jure et, le lendemain, pendant qu'elle est en cours, y emmène Johanna. De cette expédition, la rousse ramènera un angelot de bois doré qu'elle accrochera au-dessus de sa table de nuit – mais Rose, n'ayant plus accès à la chambre du haut, par bonheur, ne le saura pas.

17

Depuis quelque temps, Rose souffre de vertiges. Un peu de faiblesse, sans doute : elle n'a pas retrouvé son appétit. La plupart des aliments l'écœurent alors que, pour bien faire, elle devrait se suralimenter. (C'est, du moins, le conseil que lui donnerait sa mère si elle était au courant : les mères savent ces choses, elles sont passées par là.)

« Veux-tu venir avec moi chercher du cuir chez le fournisseur ? », lui demande Louis un mercredi où, grâce à un mensonge quelconque, elle a faussé compagnie à ses parents.

Rose a un sursaut de joie.

« Sans Johanna ?

– Oui, elle reste ici pour se laver les cheveux et je ne peux pas tout ramener seul. »

Le marchand de cuir habite en dehors de la ville.

« Si on prenait le tram ? propose Rose.

– Pas question, j'ai horreur des transports en commun. Une petite marche, c'est excellent pour la santé.

– Oui mais... je suis un peu fatiguée.

– Ne commence pas à te plaindre avant qu'on ne soit partis ! »

Au retour, ils ramènent trois énormes paquets. Louis en porte deux : l'agneau et le veau. Rose, le poulain naturel.

« C'est lourd, souffle-t-elle.

– Qu'est-ce que je dois dire, moi, j'ai double charge ! »

« Il a raison », pense Rose, et elle accélère tant qu'elle peut. Soudain, ses jambes deviennent toutes molles, son corps se couvre d'une sueur glacée, elle a chaud, très chaud, elle étouffe, ses oreilles bourdonnent, et devant ses yeux passent des éclairs blancs.

« Hou là, je vais tomber dans les pommes ! », s'effare-t-elle.

Elle s'arrête, s'appuie contre un mur. Résiste à l'envie de se coucher par terre, au milieu des flaques et des crottes de chien. Appelle « Louis ! Louis ! », d'une voix à peine audible.

Il marche vingt mètres devant et n'a rien remarqué.

« C'est la fin », se dit Rose en fermant les yeux.

Ne l'entendant plus trottiner derrière lui, le gros se retourne.

« T'as pas bientôt fini de traînailler ? crie-t-il. A ce train-là, on en a pour des heures ! »

Comme elle ne bronche pas, il revient sur ses pas.

« Qu'est-ce que tu fabriques, tu prends racine ? Avec Johanna, on serait déjà rentrés depuis longtemps !

– Je n'y peux rien, gémit Rose, c'est à cause de mon enfant.

– Parlons-en, de ton enfant ! Si tu m'avais écouté, nous n'en serions pas là ! Ça fait des semaines que

101

j'essaie de te convaincre de t'en débarrasser, mais mademoiselle s'obstine, mademoiselle veut jouer à la poupée... Alors, maintenant, ne viens pas pleurnicher, s'il te plaît ! Faut savoir assumer ses sottises, ma grande ! »

Sous les paupières de Rose tournent des cercles concentriques. Ils l'aspirent dans un tourbillon noir, elle doit faire un effort terrible pour ne pas tomber.

Le poulain glisse de ses mains et dégringole sur le trottoir.

« C'est ça, fous le matériel en l'air ! hurle Louis en le ramassant. On voit bien que ce n'est pas toi qui paies ! »

Avec un ahanement, il empile les trois paquets sur ses énormes bras et repart, ployant sous la charge.

« Attends-moi ! », supplie Rose.

Il est déjà loin.

18

Dans *Roméo et Juliette*, Shakespaere écrit que la nuit est le refuge des amants. Séduite par ce concept, Rose décide un beau jour – enfin, une belle nuit – de l'expérimenter. Enveloppée dans un grand peignoir afin de cacher son jean au cas où ses parents la surprendraient, elle descend, passe devant leur chambre en retenant sa respiration puis, parvenue dans le vestibule, retire le peignoir, enfile ses chaussures et s'insinue dehors.

Elle craignait d'avoir peur, elle est émerveillée. La rue déserte, éclairée de loin en loin par les réverbères, lui semble une complice bienveillante. Le bruit de ses pas résonne sur le pavé, son ombre la suit, puis la précède, puis la suit à nouveau ; le grand ciel étoilé forme un dais au-dessus de sa tête... Aiguillonnée par le désir, elle court, éperdue, enivrée. Jamais, de toute sa vie, elle ne s'est sentie aussi libre.

Le pont du chemin de fer... Le carrefour du Trône... La pâtisserie de Monique avec son volet de fer... L'avenue Victor-Hugo... Ces lieux familiers lui semblent un décor créé pour elle seule, en vue d'un spectacle dont elle serait l'unique actrice.

Au 22, elle sonne. La porte s'ouvre. Elle fonce vers le lit chaud, s'y fourre en chien de fusil. Louis, tout engourdi, la rejoint en somnambule. Elle se pelotonne contre lui, encore essoufflée, ahurie de sa propre audace, n'en revenant pas d'être là. Au petit matin, elle refait le trajet en sens inverse, jouissant, cette fois, du lever du soleil. Et regagne sa chambre sans encombre.

Voilà, ce n'est pas plus compliqué que ça. Désormais, de minuit à cinq heures, elle partagera la couche de son gros – qui n'a plus rien d'un amant fougueux, loin s'en faut, mais apprécie, en revanche, cette performance nocturne, dont il est à la fois la motivation et le trophée. D'autant que Johanna est retournée en Hollande chercher ses petites affaires et qu'il aime les nuits partagées, fût-ce, à défaut de mieux, avec (soupir) sa catastrophe.

L'aventure va durer une quinzaine de jours, puis Johanna reviendra et Louis dira à Rose : « Tu manques de sommeil, et dans ton état, ce n'est pas prudent. Il vaudrait mieux que tu restes chez toi, je m'en voudrais de mettre ta santé en péril. – Mais je t'assure, je vais très bien ! protestera Rose. – Ta ta ta ta, il faut être raisonnable. D'ailleurs, si tu ne l'es pas, je le serai pour deux : je ne t'ouvrirai plus ! » Alors, la mort dans l'âme, Rose recommencera à dormir dans sa chambre. Et la nuit perdra sa magie.

19

Un dimanche après-midi, les parents de Rose se rendent à une exposition. Ils insistent pour qu'elle les accompagne, mais elle décline leur offre sous prétexte d'une interro de maths à préparer.

« Je n'y comprends rien, précise-t-elle. Il faudrait que j'aille chez Claire, elle est plus calée que moi. L'ennui, c'est que Scharbeek, ce n'est pas la porte à côté.

– Veux-tu que je t'y emmène ? propose son père à contrecœur.

– Penses-tu ! En train, il y en a pour vingt minutes à peine... »

Sitôt la voiture disparue, Rose se précipite sur le téléphone :

« Claire, tu peux me rendre un grand service ?

– Ça dépend, répond Claire, méfiante. Quel genre de service ?

– J'ai prétendu que j'allais chez toi pour pouvoir retrouver un garçon. Au cas où ma mère appellerait, tu lui dis que je viens de partir et tu me préviens à ce numéro, tu notes ? 48 47 49.

– Si c'est tout ce qu'il y a à faire, d'accord. »

Rose parvient à l'atelier au moment exact où Louis et Johanna en sortent.

« Nous allons au Rex, dit le gros, tu nous accompagnes ?

– Qu'est-ce qu'ils donnent ?

– Un vieux film des années trente, *Drôle de drame*, avec Louis Jouvet et Michel Simon, mise en scène Carné, dialogues Prévert, que du beau monde. Tu verras, c'est à mourir de rire.

– Ça ne m'étonne pas de Prévert, s'écrie Rose toute contente. Je l'adore ! Mais Johanna ne va pas comprendre un mot, ajoute-t-elle, après un instant de réflexion.

– Rien de tel pour apprendre une langue », sourit Louis.

Le Rex est une toute petite salle de quartier qui ne passe que des rediffusions pour un prix dérisoire. De ce fait, en dépit de sa programmation, il est toujours plein à craquer. Une faune de « blousons noirs » – cheveux gommés, chewing-gums et chaînes de vélo en guise de ceintures – s'y bouscule, crachant par terre, tailladant les fauteuils à coups de canif, s'interpellant dans un anglais plus qu'approximatif. Et, accessoirement, embêtant les filles. « *Snotneus*[1] ! », lance Johanna avec mépris à l'un de ces godelureaux qui la serre de trop près. Louis approuve, fait les gros yeux au petit jeune homme, Rose déclare : « Quel culot ! », et le trio s'installe où il trouve de la place.

Tandis que les réclames fixes défilent sur l'écran, toutes lumières allumées, Rose s'amuse à observer le

1. *Snotneus* : « morveux », en néerlandais.

public. Quelques sièges plus loin, une grande bringue à queue-de-cheval et un boutonneux à lunettes s'embrassent à pleine bouche. « Quelle chance ils ont ! pense-t-elle, un peu troublée. Mon Louis, j'adorerais qu'il m'embrasse comme ça ! »

Elle se tourne vers lui pour le prendre à témoin. Il bavarde avec Johanna, sans plus s'occuper d'elle que d'un strapontin. « Tu rates quelque chose ! » dit-elle, plus pour elle que pour lui (d'ailleurs, il ne l'entend pas), et elle revient aux amoureux dont la fièvre, entre-temps, est encore montée d'un cran. A présent, ils se palpent avec des mains qui n'en croient pas leurs doigts. Le désir les rend presque beaux.

« Louis, regarde ! », chuchote Rose, en le tirant par la manche.

Qu'au moins, il partage son émoi, à défaut de mieux !

« Qu'est-ce qu'il y a ? »

Elle lui montre la scène d'un index tremblant. Il se marre, pousse Johanna du coude, elle pouffe, ébauche un geste obscène. Puis les lumières s'éteignent, le film commence, et Rose fond en larmes dans le noir.

20

On ne peut pas toujours tout garder pour soi. Après bien des hésitations, Rose finit par avouer son secret à la douce Claire qui compatit avec effroi. Que sa copine, si peu délurée quelques mois auparavant, ait à ce point mis les bouchées doubles, la sidère. Elle se sent même vaguement jalouse, comme un champion cycliste voyant soudain le dernier du peloton, *la lanterne rouge* comme on dit en Belgique, conquérir sans préambule le maillot jaune.

Le premier trimestre est déjà bien entamé et Rose commence à s'épaissir. Chaque matin, elle mesure anxieusement son tour de taille. Pour l'instant, le gonflement demeure discret, mais le temps travaille contre elle, un jour ça deviendra évident. Cette perspective inexorable la terrifie.

Et ce n'est pas le plus effrayant.

Le plus effrayant, ce sont les cours de gymnastique, incompatibles avec le bien-être d'un embryon. Imaginez qu'à la faveur d'un choc – roulé-boulé, saut à la perche, cheval-d'arçons, que sais-je ? – il se décroche, pauvre petit bout...

« Claire, tu peux répondre " présente " à ma place, s'il te plaît ?

— Pourquoi ? Tu vas où ?

— Me planquer dans les cabinets. »

Le subterfuge fonctionne à merveille. La prof de gym entend si rarement la voix de ses élèves qu'elle ne la mémorise pas, et parmi les copines, il n'y a pas de balances. Rose en est quitte pour s'occuper une heure tous les jeudis matin, assise sur la lunette. Elle en profite pour réviser ses leçons, et regrette de ne pas avoir de la laine et des aiguilles, ce qui lui permettrait de commencer sa layette.

Un jour, cependant, elle prend le taureau par les cornes. Cette situation ne peut plus durer : elle n'a pas la tête à ses études, les colles pleuvent, les profs commencent à la regarder de biais, il faut que ça cesse et vite.

« A partir de demain, je sèche les cours, annonce-t-elle à Claire.

— Qu'est-ce que tu vas faire ?

— Chercher du travail. »

Le matin suivant, elle part donc de chez elle à l'heure habituelle, mais au lieu de prendre le chemin de l'école, s'arrête au kiosque, achète le journal, et fonce à l'atelier éplucher les petites annonces.

Pas besoin d'être extralucide pour deviner la réaction de Louis.

« Retourne immédiatement en classe ! », ordonne-t-il.

Rose tape du pied :

« Non, non, et non ! »

Alors, Louis voit rouge. Sa grosse patte part toute seule et vlan ! atterrit n'importe où, au hasard, sur la partie du corps qui se présente. La joue, en l'occurrence.

« Aïe ! » crie Rose qui, sous le choc, perd l'équilibre et heurte une chaise sur laquelle elle s'effondre.

Une deuxième baffe l'envoie au sol. Elle se roule en boule.

« Sale brute, on n'a pas le droit de frapper une femme enceinte ! »

Si le gros démarre au quart de tour, il se calme, par chance, aussi sec. C'est une soupe au lait, mais il n'a pas un mauvais fond.

« Tu vois ce qui arrive quand on me fait sortir de mes gonds ? », grogne-t-il en l'aidant à se relever. Et il l'embrasse pour la réconforter.

Elle a gain de cause, pourtant. Il lui suffit de se poster de profil et de gonfler son ventre au maximum pour que Louis abdique.

« Les Sœurs ont l'œil, tu sais ! assure-t-elle, histoire de mettre toutes les chances de son côté. Elles me répètent sans arrêt de me tenir comme il faut ! »

Vaincu, il acquiesce. A présent, il s'en veut de l'avoir rudoyée. Foutu tempérament ! Encore heureux que Johanna ait loupé le sketch, elle n'aurait pas apprécié !

« Tiens ? Où est la Hollandaise ? s'enquiert Rose, télépathe sans le savoir.

– En haut. Elle ne se lève jamais avant 10-11 heures.

110

– Y en a qui ont du bol ! Moi aussi, j'aimerais bien pouvoir faire la grasse matinée !

– Mouais... Eh bien, en attendant, nous avons à parler. Assieds-toi, ma grande. »

Le ton est solennel. Rose, impressionnée, obéit prestement.

« Résumons la situation : tu as remarqué que j'étais un peu nerveux, en ce moment...

– Ça, oui ! approuve Rose en se frottant machinalement la joue.

– C'est parce que j'ai une épée de Damoclès suspendue au-dessus de la tête.

– Moi aussi, dit Rose.

– Oui, mais toi, tu l'as choisie, pas moi.

– C'est vrai, admet Rose.

– Il faut trouver le moyen pour nous en tirer indemnes. J'y ai longuement réfléchi et voici ce que je te propose : tu vas annoncer ta grossesse à tes parents... »

Protestation étouffée de Rose.

« Ils ne tarderont pas à s'en apercevoir d'eux-mêmes, autant prendre les devants, non ? », insiste Louis.

Rose ne répond pas. « Qui ne dit mot consent », pense le gros, et il poursuit, sur sa lancée :

« Tu ne leur avoueras pas que je suis le père, nous sommes bien d'accord là-dessus ?

– Oui oui, pas de problème.

– Ils ne le devineront pas, tu en es sûre ?

– Sûre et certaine, je me suis bien débrouillée : ils ne se doutent même pas que je t'ai revu.

– Mouais... N'empêche qu'ils peuvent, malgré tout, avoir des soupçons. S'ils prononcent mon nom, nie en bloc. Je me suis renseigné : devant un tribunal, tant que tu ne me dénonces pas, toi, la principale concernée, leurs accusations n'ont pas valeur de preuve. Tu as bien compris ?

– Parfaitement. Je nierai, promis.

– Bien, je te fais confiance... Mais ils ne lâcheront pas si facilement le morceau, je te préviens ! Attends-toi à ce qu'ils te cuisinent !

– Bien sûr !

– Que leur répondras-tu ? »

Là, Rose est le bec dans l'eau. Elle n'a rien préparé.

« Bravo, ça commence bien ! Heureusement que, moi, j'y ai pensé ! Tu vas leur expliquer que le responsable est un inconnu avec lequel tu es sortie, un soir. Il t'a fait boire...

– Je déteste l'alcool ! pouffe Rose. Et ce n'est pas mon genre de sortir avec des inconnus !

– Arrête de me contredire, s'énerve Louis.

– Je ne te contredis pas, mais ton histoire ne tient pas debout.

– Trouves-en une autre si tu es si maligne ! »

Rose se mordille les lèvres.

« Au moins, que le gars soit un copain d'enfance, suggère-t-elle sans conviction. Il s'appellerait Etienne, par exemple, et m'aurait emmenée danser pendant les vacances...

– Ah, tu vois quand tu veux ! », s'épanouit Louis.

Rose fait la grimace.

« Pff, ça ne marchera jamais !

– Mais si, ne sois pas défaitiste ! Cet Etienne, tu l'as perdu de vue, tu ne sais ni où il habite ni ce qu'il est devenu, et tu essaies de le retrouver pour qu'il t'épouse... »

Petit rire exaspéré de Rose.

« Et toi, qu'est-ce que tu deviens, dans tout ça ?

– Je t'aide dans tes recherches.

– C'est cousu de fil blanc, ton truc ! Mes parents ne sont pas si stupides ! »

D'un revers de main, elle balaie le lamentable échafaudage.

« Je leur parlerai plus tard, quand j'aurai trouvé du boulot. Je me sentirai plus forte si je suis indépendante. »

Et elle se replonge dans les petites annonces.

Son manège dure trois jours. Le matin du quatrième, comme elle s'apprête à partir, son père la rappelle :

« Où vas-tu, Rose ?

– En classe, tiens, cette question !

– Tu en es certaine ? Pourquoi as-tu manqué les cours, hier et avant-hier ? Où étais-tu ? »

Coup au cœur.

« Ah, tu sais ?

– La directrice m'a averti. Qu'est-ce qui se passe, fifille ? »

Rose prend une large inspiration.

« J'ai décidé de chercher du travail... »

Le quincaillier s'étrangle dans son café.

« QUOI ? Quelle est cette nouvelle lubie ?

– Ce n'est pas une lubie : l'école, ça ne sert à rien, je perds mon temps... Je ne vais quand même pas rester à votre charge toute ma vie !

– Mais enfin, Rose, tu n'as que seize ans !

– Justement, je ne suis plus une enfant ! »

Silence. M. Vermeer hésite entre filer une calotte à l'impudente – afin de lui remettre les idées en place ! – ou faire mine de l'approuver pour ne pas perdre sa confiance. Il opte pour un moyen terme.

« Je pourrais t'embaucher à la quincaillerie... »

Rose a un haut-le-corps : pour qu'il l'ait à l'œil vingt-quatre heures sur vingt-quatre ?

« Je-veux-ga-gner-ma-vie ! scande-t-elle farouchement. En dehors de vous, pas sous votre coupe !

– Mais enfin, qu'est-ce qui te prend ? éclate son père. Pourquoi tu nous rejettes ?

– Je ne vous rejette pas, j'ai juste besoin d'indépendance !

– Ça se prépare, l'indépendance, ça ne s'improvise pas sur un coup de tête ! Si tu veux abandonner l'école, je ne peux pas t'en empêcher – bien que je le déplore : un tel gâchis me consterne, et ta mère ne s'en remettra pas de sitôt, enfin, passons –, mais au moins, ne le fais pas à la légère ! Pèse bien le pour et le contre ! Sans diplôme, on n'est rien, et je sais de quoi je parle : je n'ai pas dépassé le certificat d'études. Plus tard, quand la vie t'aura mis du plomb dans la cervelle, tu t'en mordras les doigts, crois-en mon expérience !

– Tant pis pour moi, dit Rose, c'est mon choix, je l'assume. »

114

Les lunettes de M. Vermeer s'embuent. Il se lève, met la main sur l'épaule de sa fille.

« Allons, viens », soupire-t-il.

Et ils vont, ensemble, acheter le journal et, ensemble, se penchent sur les petites annonces.

Le lendemain, Rose est engagée comme vendeuse dans un magasin de colifichets appelé Vérilux, et situé – ironie du sort ! – chaussée d'Etterbeek, à cinquante mètres de l'avenue Victor-Hugo. L'uniforme y est de rigueur : jupe moulante gris clair, chemisier assorti, talons hauts et couture du bas bien droite sur le mollet. Une tenue à la fois chic et sexy, les collègues ont une sacrée allure là-dedans, surtout Mylène, la chef de service, qui déboutonne toujours le haut de sa blouse pour qu'on aperçoive la dentelle de son soutien-gorge par l'échancrure. Rose, en revanche, a l'air affublée d'un sac à patates. Le dos rond, le ventre proéminent (pas assez pour trahir son état, mais suffisamment pour faire négligé), trébuchant sur ses « échasses », elle détonne dans l'ensemble. C'est même surprenant qu'on l'ait embauchée, tellement elle détonne !

Les employées ont droit à une heure de pause à midi et, en dehors de ça, interdiction de s'asseoir, de s'appuyer au comptoir, ou de donner un quelconque signe de fatigue. Pimpantes et efficaces, elles doivent ressembler, selon l'expression de Mylène qui prend son rôle très au sérieux, « aux abeilles diligentes s'affairant dans une ruche » – et, de plus, s'y connaître en calcul mental. Toutes ces qualités faisant cruellement défaut à Rose, on la vire au bout d'une semaine.

« Allez voir au Priba, ils sont moins exigeants », lui conseille Mylène en lui remettant une petite enveloppe de dédommagement.

Rose remercie, empoche ce maigre « premier salaire », sort... et tombe sur son père qui l'attend devant la porte, au volant de sa voiture.

« Je suis renvoyée, dit-elle, en s'asseyant près de lui.

– Tant mieux, une femme enceinte doit se ménager. »

Rose pique un fard.

« Tu... tu sais ?

– Je sors de chez Louis De Backer, il m'a tout avoué. »

Elle ouvre de grands yeux.

« Tout ?

– Oui.

– Mais il est fou ! On était bien convenus de vous cacher que c'était lui, qu'est-ce qui lui a pris ?

– Donc, c'est bien lui ! triomphe M. Vermeer. J'en aurais mis ma main au feu !

– Que... que... ? bégaie Rose qui ne comprend plus rien.

– Cet ignoble individu a inventé une ridicule histoire de boîte de nuit, et d'un type qui t'aurait prétendument saoulée. Il a même fait allusion à Etienne. Je n'en ai pas cru un mot, bien entendu ! Toi, boire de l'alcool, et te laisser faire par le premier venu – ou par Etienne, que tu ne peux pas saquer ? Quelle fable rocambolesque !

– Je l'avais prévenu que ça ne marcherait pas, se justifie Rose. Mais il n'en fait jamais qu'à sa tête !

116

– Et il se paie la mienne, par la même occasion, siffle M. Vermeer. Ah, ça ne va pas se passer comme ça, c'est moi qui te le dis ! Il va voir ce qu'il en coûte de débaucher les jeunes filles, ce satyre ! Allez, viens, on va au commissariat !

– Oh, non ! Ne le dénonce pas, s'il te plaît !

– Je vais me gêner, tiens... Après ce qu'il t'a fait !

– J'étais consentante.

– Ce n'est pas une raison !

– Je ne veux pas que mon enfant ait un père en prison, ça risque de compromettre son avenir !

– Parlons-en de son avenir, pauvre gosse ! Un bâtard !

– Louis va " réparer ", je t'en donne ma parole. Tu ne voudrais pas d'un gendre taulard, quand même ! »

L'argument porte, d'autant que le quincaillier n'aime guère la police. Il a eu une jeunesse quelque peu mouvementée – mais ça, sa fille l'ignore.

A la maison, ils trouvent Mme Vermeer en larmes.

« Comment as-tu pu me faire une chose pareille, ingrate ?

– Je ne t'ai rien fait, se défend Rose, je me suis juste fait à moi !

– Ne joue pas sur les mots, je te prie, ce n'est pas le moment !

– Du calme, dit le père, les cris n'arrangeront rien. »

Rose lui dédie un regard reconnaissant.

« Depuis les vacances, je sentais bien que ça ne tournait pas rond, poursuit-il. Tu étais devenue fuyante, solitaire, renfermée, comme lorsqu'on a

117

quelque chose à cacher. J'ai tout de suite pensé qu'il y avait un homme là-dessous, et celui chez qui tu avais fugué m'est instantanément venu à l'esprit. J'avais eu raison de m'en méfier, à l'époque... Entre nous, je ne te félicite pas, tu t'es amourachée d'un sacré phéno-mène : abuser d'une gamine, et quand le mal est fait, se défiler en douce, belle mentalité !

– Tu ne vaux pas mieux que lui ! se rebiffe Rose. Tu m'as tendu un piège pour me faire avouer ! De quoi je vais avoir l'air, maintenant, moi, devant lui ? Il ne me le pardonnera pas ! »

Elle éclate en sanglots.

« Il est bien temps de pleurer, maintenant ! dit sa mère. C'était avant qu'il fallait y penser !

–Je ne pleure pas à cause de ça, hoquette Rose.

– Eh bien, tu devrais, petite traînée ! »

Le quincaillier pose la main sur le bras de sa femme.

« Suffit, Suzanne, n'en rajoute pas : elle est déjà bien assez malheureuse.

– Et moi, moi, je ne le suis pas, malheureuse, peut-être ? L'avoir élevée avec un dévouement sans bornes, lui avoir consacré chaque instant de ma vie, m'être saignée aux quatre veines pour qu'elle ne manque de rien, et la retrouver souillée par un... par un... »

Elle ne trouve pas de mot qui traduise sa pensée, crispe les poings, s'affale sur l'épaule de son mari avec un gémissement rauque :

« Ma petite fille... ma petite fille... »

Médusée, Rose la regarde comme on regarde une statue descendue de son socle. Et sent une tendresse imprévue sourdre en elle.

« Maman... »

Mais déjà, Mme Vermeer s'est ressaisie. Les poings sur les hanches, elle lui fait face.

« Jure-moi que tu ne reverras plus jamais cette crapule ! »

Rose se raidit.

« Bien sûr que si, et même, je l'épouserai !

– Epouser ce gros porc ? Tu es folle à lier !

– Folle de lui, oui ! C'est un crime ? »

Que voulez-vous répondre à ça ?

21

Le lendemain, au réveil, M. Vermeer déclare à Rose :
« Nous avons discuté toute la nuit, ta mère et moi. Tu veux épouser cet individu ? Très bien, nous nous inclinons, qu'il vienne faire sa demande. »
Rose bondit de joie :
« Je cours le lui dire ! »
Elle sonne à l'atelier dans un état d'excitation indescriptible.
« Ça y est, on va se marier, mes parents sont d'accord ! », clame-t-elle, dès que Louis ouvre la porte.
Il la toise de haut en bas.
« Qu'est-ce que tu racontes ? Je ne veux pas me marier, moi ! »
Sous la douche glacée, Rose vacille.
« Tu m'avais dit...
– Je t'avais dit " à ta majorité ", pas " tout de suite " !
– Quelle différence ?
– Le mariage est une chose sérieuse, ma cocotte ! Ça ne s'improvise pas au pied levé ! Et de toute façon, Marie n'acceptera jamais !
– Qui ça ?
– Marie, mon ex, la mère du petit Raymond.

– En quoi ça la concerne ? Vous êtes divorcés, non ? C'est normal que tu te remaries, surtout si tu attends un enfant !

– Tu ne la connais pas ! Elle a demandé le divorce par défi, pour prouver à tout le monde qu'elle avait du caractère, mais en tant que catholique, elle me considère toujours comme son mari devant Dieu.

– Ben elle est gonflée !

– Pas tant que ça, reporte-toi au catéchisme : le mariage est un sacrement avant d'être une formalité. D'ailleurs, elle a toujours les clés de l'appartement, elle peut venir quand elle veut. »

Rose n'en croit pas ses oreilles.

« Mais elle ne vient jamais !

– Bien sûr que si !

– Je l'aurais déjà rencontrée !

– Tu n'es pas tout le temps là ! Demande à Johanna, elles s'entendent comme larrons en foire. Elles se téléphonent quasiment tous les jours ! »

L'indignation suffoque Rose.

« Je suis sûre que ce n'est pas vrai !

« Traite-moi de menteur, tant que tu y es ! Au fait, je lui ai parlé de toi...

– A qui ?

– A Marie. Elle a piqué une de ces colères ! Pour elle, tu n'es qu'une intrigante qui vise l'héritage de son fils.

– Quel héritage ? Tu n'as pas le sou !

– Non, mais j'ai de beaux meubles. Et puis, c'est son idée, à cette femme, je n'y peux rien.

– Et qu'est-ce que je vais dire à mes parents, moi ?

– Dis-leur ce que tu veux, ce ne sont pas mes oignons ! »

La porte se referme et Rose reste toute bête, plantée comme un navet au milieu du trottoir.

Rentrer chez elle après un tel échec est au-dessus de ses forces. Quelle heure est-il ? Midi moins dix. En se pressant, elle peut encore intercepter Claire. C'est de ça qu'elle a besoin : une épaule amie pour pouvoir s'épancher. Quelqu'un qui l'écoute, la plaigne, la console et surtout, surtout, ne lui fasse pas la morale.

Elle se poste en faction à deux pas de l'école, près d'une Jaguar type E en stationnement, au moment où les premières élèves commencent à apparaître.

Un coup de klaxon salue l'arrivée de Claire qui aperçoit, en même temps, la Jaguar – avec un grand blond dans les vingt-quatre ans au volant – et la petite silhouette ratatinée de Rose. Elle hésite une fraction de seconde puis, après un signe de connivence au garçon, se dirige vers cette dernière.

« Ça va ? »

Question superflue : la réponse saute aux yeux.

« Raconte », dit Claire.

Rose ne demande pas mieux mais pas ici, debout sur le trottoir, avec ce conducteur qui s'impatiente et donne des coups d'embrayage, vroum, vroum, pour rappeler sa présence.

« O.K., dit Claire, attends trente secondes. »

Elle fonce vers la voiture, parlemente, le grand blond n'a pas l'air d'apprécier, il hausse le ton, les épaules, puis démarre en trombe.

« Bon débarras ! crie Claire.

– Tu t'es fâchée avec ton petit ami à cause de moi ? s'effare Rose.

– Ne t'inquiète pas, il reviendra. Ils reviennent toujours... »

Elle sourit, sereine. « Y en a vraiment qui ont toutes les chances ! », pense Rose avec amertume.

A cinq cents mètres s'ouvre le parc Léopold, immense espace paysager avec pelouses, étang, bac à sable, aire de jeux, terrain de foot, etc. A cette heure et par ce temps frisquet d'automne, il est désert – donc propice aux confidences.

Le banc sur lequel s'asseyent les deux jeunes filles, serrées l'une contre l'autre, glace les fesses mais réchauffe le cœur. D'une voix entrecoupée, Rose confesse tout, dans les moindres détails. Claire l'écoute sans l'interrompre, attentive, compatissante, en lui massant la nuque aux passages les plus durs.

« Le salaud ! s'écrie-t-elle, une fois le récit achevé.

– Je suis bien de ton avis, répond Rose, mais je l'aime.

– Ça ne simplifie pas les choses !

– Non, mais je n'y peux rien... Et puis, je porte son enfant ! »

Claire lui lance un regard en coin. « Rose, se dit-elle, est comme ces chiots, léchant la main qui ferme le sac pour les noyer. » Une telle abnégation force son admiration, même si, par ailleurs, elle lui tape sur les nerfs.

« Cette situation n'est plus supportable, finit-elle par décréter. Qu'est-ce qu'on peut faire pour te tirer de là ? »

Mimique sans illusion de Rose. A son avis, rien. D'ailleurs, elle n'est pas venue chercher de l'aide, juste un peu de réconfort, et Claire l'a comblée au-delà de ses espérances.

« Si j'allais trouver Louis ? suggère cette dernière.

– Pour quoi faire ?

– Le secouer, tiens ! Le mettre en face de ses responsabilités ! Il serait peut-être temps que quelqu'un le lui dise, qu'il se conduit comme le dernier des derniers !

– Tu ferais ça pour moi ? », s'exclame Rose, éblouie.

Et, ni une ni deux, elle lui donne l'adresse.

Le surlendemain :

« J'ai reçu la visite de ta copine, déclare Louis à Rose.

– Ah ?

– Elle est drôlement mignonne et c'est une sacrée allumeuse ! Elle a passé plus d'une heure à me faire du gringue... Tu savais qu'elle portait des petites culottes en dentelle noire, toi ?

– Non, répond Rose, la gorge sèche, elle ne m'a jamais montré ses slips.

– Comme un fait exprès, Johanna n'était pas là. J'ai eu droit à un de ces numéros, pâ pâ pâ !

– Quel numéro ?

– De strip-tease, pardi ! Ah, si je n'étais pas un homme fidèle, je te jure ! »

Rose n'écoute plus. Elle vient de remarquer la photo de Claire (un Photomaton de chez Priba), pu-

124

naisée au-dessus de l'établi, là où Louis expose ses souvenirs personnels : son père, sa mère, Marie, Raymond, Monique, Johanna en tenue d'Andalouse, lui-même à vingt ans, escaladant fièrement un pic rocheux avec son club d'alpinisme de l'époque. Dans cette galerie de portraits, Rose n'a jamais eu sa place : elle est si peu photogénique !

« C'est quoi, ça ? », demande-t-elle, pointant le doigt vers le cliché suspect.

Le gros sourit avec désinvolture.

« Un petit cadeau de Claire. Elle est superbe, là-dessus, tu ne trouves pas ? »

Rose se mord les lèvres pour ne pas pleurer. Elle vient de perdre son unique alliée. Le soir même, elle lui téléphonera, la traitera de salope et, sans attendre sa réponse, raccrochera. Elle apprendra, des années plus tard, que rien de tout cela n'était vrai. Johanna n'avait pas bougé de la journée, la photo avait glissé du cartable de Claire à son insu et, de plus, celle-ci ne portait que de la lingerie blanche, en coton, pour cause d'allergie au synthétique.

22

A la longue, plus par lassitude que par conviction, le gros finit par lâcher prise. Un jour où Rose le harcèle selon son habitude : « Epouse-moi, s'il te plaît, ça me ferait tellement plaisir ! Allez, sois sympa, dis oui ! », il se passe la main sur le front en soupirant :

« Tu as gagné : préviens tes parents que je viendrai ce soir leur demander ta main. Et maintenant, tais-toi, tu me donnes la migraine. »

Elle n'en croit pas ses oreilles, lui fait répéter. Puis, criant au prodige, file à toutes jambes vers la quincaillerie.

L'enthousiasme de ses parents est nettement plus mitigé.

« Il se décide enfin, ce saligaud ? s'écrie sa mère. Il a mis le temps...

– Un mariage, ça ne se décide pas à la légère, rétorque Rose.

– Nous l'attendrons vers 19 heures, après la fermeture du magasin », précise M. Vermeer.

En fin d'après-midi, donc, Louis se prépare en ronchonnant.

« Comment je vais m'habiller ? Je n'ai jamais fait ça, moi, demander la main d'une greluche !

– Même avec Marie ? s'étonne Rose.

– Ses parents ont été déportés pendant la guerre. »

Depuis qu'elle connaît Louis, Rose l'a toujours vu vêtu de la même manière : grand pull informe porté à même la peau, pantalon de velours côtelé fatigué et Pataugas. Ni caleçon, ni chaussettes.

« Ce n'est pas une tenue de circonstance ! », affirme-t-elle.

Elle se souvient avoir repéré, à la cave, une malle où sont entassées, pêle-mêle, un tas de vieilles fringues.

« Attends, je m'occupe de tout ! »

Vite, vite, elle en extirpe un costume défraîchi, une chemise à peu près portable, une cravate, et les lui tend victorieusement.

« Qu'est-ce que tu veux que je fasse de ces ori-paux ? s'emporte Louis. Tu as vu la taille du panta-lon ? Il en faudrait deux comme ça pour loger mon bide ! Quant à cette horreur, poursuit-il en rejetant la cravate du bout des doigts, je n'en voudrais même pas pour me pendre !

– Mais c'est tout ce que tu as ! proteste Rose.

– Si tu veux que je sois ridicule, dis-le tout de suite ! »

Il est d'une humeur de dogue. Piégé, il se sent. « Qu'est-ce qui m'a pris de me fourrer dans une situa-tion pareille ? ressasse-t-il depuis des heures. J'ai perdu l'esprit ou quoi ? » Et Johanna qui est en week-end chez une amie... Si elle avait été là, jamais il n'aurait accepté ! Ah, ces gamines : l'une lui tourne autour comme une mouche autour d'un pot de confiture, l'autre a la bougeotte. Que ne les bazarde-t-il toutes les deux, une fois pour toutes ! Décidément, il est trop bon...

« Je garde mes habits habituels ! aboie-t-il.

– Bonne idée, concède Rose, tu seras plus à l'aise. »

Lorsqu'ils parviennent à la quincaillerie, elle rayonne et Louis tire la tronche. Il n'est d'ailleurs pas le seul. Un masque glacial sur son beau visage épargné par le temps, Mme Vermeer le fait asseoir, propose une verre de porto – « Volontiers, merci » – et on cause affaire.

« Je suis content, déclare le père de Rose (mais l'expression de son visage dément catégoriquement cette affirmation), que vous vous soyez enfin résolu à réparer. En ce qui nous concerne, nous donnerons à notre fille le linge de maison nécessaire à son installation, un matelas neuf – le vôtre n'est pas en très bon état, nous a-t-elle dit –, et le mobilier de sa chambre. Plus quelques parts sur la quincaillerie dont elle héritera, dans sa totalité, à notre mort. Quand comptez-vous publier les bans ? »

Et ainsi de suite pendant une demi-heure, puis tchao, au plaisir de ne plus vous revoir, monsieur le suborneur.

Sur le chemin du retour, Louis est furieux. Il rumine toute la nuit cet accueil humiliant. Il attendait de la reconnaissance, de l'émotion : après tout, ces gens-là lui sont redevables, il les sauve du déshonneur ! Et comment le remercient-ils ? En lui jetant trois torchons et deux draps à la figure, comme une aumône. « Ils peuvent se les garder, leur linge de maison, leur matelas, leurs meubles *made in Sweden* et leur héritage à la noix ! Et même se les mettre là où je pense ! »

Au matin, sa décision est prise, irrévocable. Rose qui débarque vers 9 heures, des étoiles dans les yeux, est accueillie par un hargneux :

« On arrête tout !

— Hein ? Qu'est-ce qu'on arrête ?

— Cette comédie ridicule. Tu peux dire adieu à ta robe blanche, ma grande ! »

Il lui sort, en vrac, tous ses griefs. Elle pleure, proteste :

« Tu n'as rien compris, mes parents t'adorent !

— Alors, qu'ils me le montrent, répond Louis. Demande-leur de dresser la liste de ta dot, et si elle me convient, je réviserai peut-être mon jugement. »

Nantie de cette mission, elle repart, très inquiète. A raison : en entendant sa requête, ses parents suffoquent d'indignation.

« Ah, le pourri ! Ah, l'immonde ! Non content de nous couvrir de honte en salissant notre fille unique, voilà qu'il veut nous dépouiller, maintenant ! Puisque c'est ainsi, il n'aura rien du tout, ni la fille ni le reste ! Plus question que nous donnions notre consentement, quoi qu'il arrive !

— Mais enfin, sanglote Rose, qu'allez-vous chercher là ? Il n'en a rien à faire de vos économies, il est vexé, c'est tout ! Vous n'avez pas été très accueillants, hier soir !

– Qu'aurait-il voulu, qu'on le félicite ? Qu'on le reçoive en fanfare ?

– Ça n'aurait rien coûté de lui sourire, dit Rose. Et de parler d'autre chose que d'argent !

– Tu n'as donc pas compris que c'est tout ce qui l'intéresse ? Non, Rose, pas de ça dans notre famille ! Ton enfant, nous nous en occuperons nous-mêmes, cela vaudra mieux pour lui que d'être élevé par ce goujat !

– Mais moi ? renifle Rose. Vous avez pensé à moi ?

– Et d'un, tu n'as que ce que tu mérites, et de deux, le statut de fille mère est encore préférable à celui de mal mariée !

– Ce n'est pas mon avis.

– Normal, tu n'as aucune jugeote. Mais dans quelques années, tu nous remercieras ! »

Le lendemain, quand Rose, le petit déjeuner avalé, enfile son manteau, ses parents s'informent :

« Où vas-tu ?

– Ben, chez Louis, répond-elle.

– Pas question. Tu ne le revois plus. Après ce qu'il nous a fait, ce serait un comble !

– Mais je l'aime !

– Alors, il faut choisir entre lui et nous.

– Lui », dit Rose sans hésiter.

Et elle monte dans sa chambre préparer ses bagages. Puis elle part, sa valise à la main, sous le nez de ses parents médusés, et débarque chez Louis en annonçant :

« Je viens vivre avec toi.

— Ça va pas ? rétorque Louis. Je n'ai pas la place, tu as vu la taille de ta valise ?

— Elle n'est pas si grande ! proteste Rose.

— Le problème n'est pas là, grande ou petite, elle m'encombre. Tu vas immédiatement la reporter d'où elle vient.

— Mais..., insiste Rose.

— Pas de mais », dit Louis.

Et Rose repart en sens inverse.

En la voyant revenir, ses parents sèchent leurs larmes.

« Il ne veut même pas de toi, ce sagouin, la raillent-ils. Et toi, tu t'obstines. Tu n'as donc aucune fierté ?

— Ce n'est pas une question de fierté mais d'encombrement, se défend Rose. Les bagages de Johanna prennent toute la place, il ne reste plus d'endroit pour ranger les miens.

— La belle excuse ! grince son père.

— Parlons-en, de Johanna, ajoute sa mère. Tu ne t'es jamais demandé ce qu'elle fichait là ?

— Elle étudie la reliure.

— Ne te fais pas plus bête que tu n'es, s'il te plaît : ça crève les yeux qu'elle est sa maîtresse !

— Pas du tout, où avez-vous été chercher une chose pareille ? Vous voyez le mal partout ! »

Mme Vermeer, hors d'elle, se tourne vers son mari.

« A ton avis, Marcel, elle est aveugle ou elle se moque de nous ?

— Rose, réfléchis un peu, dit le quincaillier, sur le ton qu'on prend pour s'adresser à un débile. Tu le connais mieux que personne ! Un homme comme lui, qui ne pense qu'à son plaisir, est-il capable de garder ses distances envers une jeune fille qu'il côtoie vingt-quatre heures sur vingt-quatre ?

– Bien sûr qu'il est capable : la preuve, il ne me touche plus !

– Tu appelles ça une preuve ? s'étrangle M. Vermeer.

– C'est la preuve du contraire, au contraire ! crie sa femme. Dès que tu as pris un peu de ventre, ce joli monsieur t'a remplacée ! Et toi, pauvre imbécile, tu marches dans son jeu, tu lui trouves des excuses. A croire qu'il t'a lobotomisée !

– Et quand sa Hollandaise aura, comme toi, un polichinelle dans le tiroir, il ira en chercher une troisième, je suppose ! siffle M. Vermeer.

– Laissez-moi tranquille ! hurle Rose en se bouchant les oreilles. Vous salissez tout avec vos préjugés, je vous déteste ! »

Abandonnant sa valise au milieu de la cuisine, elle repart en pleurs vers l'atelier.

23

« Et si je t'apprenais la reliure, à toi aussi ? suggère Louis à Rose.

– Tu crois que j'en serais capable ?

– C'est à la portée de n'importe qui si c'est bien enseigné. Au moins, tu ne perdrais pas ton temps et tu pourrais nous aider, hein, Johanna ?

– *Wat ?* », répond Johanna, sans lever les yeux de son ouvrage.

Il traduit, elle approuve, il sort d'un carton une pile de bouquins en mauvais état, explique à Rose comment les débrocher.

« Ça n'a pas l'air très compliqué, se réjouit-elle.

– Après, il faudra les massicoter, poursuit le gros, démonstration à l'appui. Et ensuite, je te montrerai comment les coudre, sur un métier.

– Comme Johanna ?

– Comme Johanna.

– Merci, dit Rose.

– Pas de quoi, ma grande... Tu vois qu'il se préoccupe de toi, ton vieux Louis ! »

Ce qu'il ne spécifie pas, c'est qu'il est surchargé de besogne. Il vient de passer un contrat avec la BR, tout

133

le fonds à restaurer, deux cents ouvrages par mois durant cinq ans, au moins. Un travail de forçat peu gratifiant, car il s'agit de livres sans valeur. Cette main-d'œuvre gratuite est donc la bienvenue.

Le soir, Rose, toute contente, annonce à ses parents :

« Ça y est, je travaille !

— Tu appelles ça un travail ? s'insurge son père.

— Bien sûr, regarde mes doigts, j'ai des ampoules partout !

— A la quincaillerie, tu n'aurais pas d'ampoules, signale sa mère.

— Je ne veux pas devenir commerçante, je veux devenir relieuse, s'entête Rose.

— Tout ça n'est qu'un prétexte pour passer tes journées près de ce porc, dit son père.

— Tu n'es qu'une fille perdue ! ajoute sa mère.

— Pensez ce que vous voulez, je m'en tamponne. Mais pour une fois que je prends mon avenir en main, vous pourriez au moins m'encourager.

— T'encourager à mal te conduire ? Pour qui nous prends-tu ?

— Vous ne comprenez vraiment rien à rien ! Puisque je vous dis que je travaille, je-tra-vaille, rien d'autre !

— Parfait, dit M. Vermeer. Dans ce cas, je suppose que tu as également des horaires. 9 heures-19 heures, cela me paraît correct. Plus le temps du trajet... A partir de 19 heures 30, notre porte te sera fermée. Si tu n'es pas rentrée, tu dormiras dehors.

— 20 heures, négocie Rose.

— Disons 20 heures. Et maintenant, rends-moi ta clé. »

Rose obtempère, très digne. Puis règle sa montre sur l'horloge de la cuisine.

Dès le lendemain, elle leur amènera son contrat de stage à signer, ce qu'ils refuseront. Alors, elle le signera elle-même et le rapportera sans rien dire à Louis. Cette falsification n'aura, par bonheur, aucune conséquence, mais procurera de telles angoisses à Rose que, trois jours plus tard, elle profitera d'une absence du gros pour jeter le papier dans le poêle.

« J'ai parlé à Johanna, lui annonce Louis un matin.
— A quel propos ?
— De ta grossesse. »
Sourire éclatant de Rose.
« Ah, tu lui as dit ?
— Il fallait bien, tu t'es drôlement arrondie, ces derniers temps. D'ailleurs, c'est elle qui m'a posé la question.
— Et alors ?
— Elle compatit.
— Elle ne trouve pas que tu devrais m'épouser ?
— Je ne lui ai pas dit qu'il était de moi, tu penses ! »
Rose baisse la tête, toute sa joie envolée.
« Je lui ai expliqué ta situation, l'attitude de tes parents, ton désarroi, etc. continue Louis. Ça l'a retournée. Elle a du cœur, cette petite. »
Au même moment, Johanna apparaît, en chemise de nuit, les yeux encore gonflés de sommeil.

« Oh ! *Arme meisje* [1] ! », s'écrie-t-elle en fonçant vers Rose.

Elle lui pose la main sur le ventre, l'embrasse, puis va dans la cuisine se servir un café.

« C'est vrai qu'elle a du cœur », murmure Rose, tout émue.

Marie, que ces jeunesses papillonnant autour de son gros inquiètent, cherche une parade et la trouve : elle lui fourgue le petit Raymond. On installe un lit de camp au fond de l'atelier, on inscrit le gamin à l'école du quartier et Rose est chargée de s'en occuper, tâche à laquelle la prédispose son état. Raymond est un enfant difficile mais qu'importe, elle s'en accommode, elle a des trésors de tendresse inemployée, autant qu'il en bénéficie.

Les voilà donc quatre (quatre et demi !) au 22 de l'avenue Victor-Hugo. Cela fait beaucoup de bouches à nourrir pour Louis qui est couvert de dettes et se confronte régulièrement aux huissiers. Las des acrobaties pécuniaires, le gros a bien tenté quelques démarches auprès de sa banque, afin de contracter un emprunt qui le renfloue ; on lui a poliment répondu d'aller se faire voir. Or, un jour, le conservateur de la BR lui présente un très important personnage : le baron De Bure, familier du roi. Ce baron a un fils trisomique, Baudouin, vingt ans, auquel il aimerait trouver une occupation. Quelque chose à la fois de

1. *Arme meisje* : « pauvre petite ».

manuel, vu ses capacités limitées, mais de sélect, vu son rang.

« La reliure ? suggère adroitement le conservateur.

– Exellente idée ! s'exclame le baron. Connaissez-vous un bon professeur ?

– Louis De Backer, ici présent.

– Accepteriez-vous un élève, disons... difficile, maître ? s'enquiert le baron, plein d'espoir.

– Avec joie, dit Louis, mais, je vous préviens, ce ne sera pas gratuit.

– Aucune importance, j'ai de la fortune.

– Pourriez-vous également me faire obtenir un prêt bancaire ?

– Sans aucun problème : je suis actionnaire au Crédit Bruxellois. »

Le lendemain de cette transaction rondement menée, Baudouin débarque. Il n'est pas joli-joli, bave beaucoup, parle du nez, mais est gentil, plein de bonne volonté et plutôt rigolard de nature.

« Tu te chargeras de lui, Rose, décide Louis.

– D'accord », sourit Rose.

Elle lui installe une chaise à ses côtés, va chercher un cutter, de vieux livres et, comme Louis l'a fait pour elle quelques semaines plus tôt, lui apprend à les débrocher.

« Attention de ne pas te couper, hein ! recommande-t-elle, maternelle.

– Hon, hon, répond Baudouin.

– Tu sais que tu es douée, toi, comme nounou ! », pouffe Louis.

Rose rayonne. C'est la première fois que son gros la félicite !

24

L'atelier est un lieu, ma foi, fort sympathique. On y rit beaucoup, on y travaille énormément, et on y chante aussi. En français, en néerlandais, en triso-mique, c'est selon. Louis, joyeux drille à ses heures, a un répertoire fort étendu de chansons paillardes qu'il interprète souverainement, d'une voix de baryton. Rose ne tarde pas à les connaître par cœur et reprend le refrain sans comprendre la moitié des paroles. Sa candeur amuse follement le gros. Il s'interrompt souvent pour traduire on ne sait trop quoi à Johanna, et tous deux s'esclaffent. Ne voulant pas être en reste, Rose envoie un clin d'œil de connivence à Baudouin. S'ensuivent des gloussements sans fin que Louis, au bout d'un moment, interrompt avec autorité : « Suffit, Maankop[1]! Tu vas casser ta chaise à force de gigoter! »

Maankop, c'est le surnom que Johanna a donné au trisomique. Rose suppose que le mot signifie quelque chose dans sa langue, mais préfère ne pas savoir quoi, des fois que ce serait insultant. Baudouin l'a adopté

1. *Maankop* : littéralement « tête de lune ».

en se fendant la poire. « Haanhop ! Haanhop ! », tré-pigne-t-il quand la Hollandaise, par hasard, l'apos-trophe – ce qui est rare, elle a plutôt tendance à l'ignorer. Lui, en revanche, la zyeute sans cesse. Logique : elle est plus belle que jamais !

Louis, d'ailleurs, ne se prive pas d'en faire la remarque à tout bout de champ : « Non mais regar-dez-moi ce pull-over noir, comme il met ses seins en valeur ! Je parie qu'elle ne porte pas de soutien-gorge ! » Ou encore : « Ces yeux de renarde ! Ces *piteleurs* [1] ! Cette chevelure ! On dirait un soleil ! »

(Rose ne lui rappelle pas que deux mois plus tôt, il lui affirmait détester les rousses. Elle n'a pas cette audace – mais n'en pense pas moins !)

« Une walkyrie ! poursuit Louis, lyrique. Une déesse barbare... Apporte-moi l'appareil photo, Rose, je veux garder cette image d'elle, comme ça, les che-veux dégringolant sur le visage, le jean déchiré, les pieds nus... C'est de la sensualité à l'état brut, cette gosse ! »

Sans un mot, Rose se lève et va chercher le Nikon, les yeux ailleurs. Baudouin, lui, applaudit.

« Elle ne te laisse pas indifférent non plus, hein, le mongol ! pouffe Louis.

– J'admire la patience de Johanna, remarque Rose froidement. Moi, je déteste qu'on me photographie, je ne sais jamais quelle attitude prendre.

– Ce n'est pas étonnant avec ton physique », répond le gros, l'œil sur le viseur.

1. *Piteleurs* : « taches de rousseur ».

139

L'intérêt de Baudouin pour la gent féminine n'a, nous venons de le voir, pas échappé à Louis. Il s'en divertit... jusqu'à ce que cela lui donne une idée. Une fameuse idée, même, dont il n'est pas peu fier !

« Rose, viens ici, j'ai quelque chose à te dire », annonce-t-il un matin.

La jeune fille, occupée à rogner la tranche d'un livre fraîchement cousu, plante là son ouvrage pour le suivre à la cuisine.

« Tu veux que toutes nos difficultés s'arrangent, n'est-ce pas ? », lui déclare-t-il en préambule.

Elle sourit.

« Bien sûr !

– Alors, tu vas faire exactement ce que je te dis. Nous devons livrer une caisse de bouquins, Johanna et moi. On en a pour deux heures environ, et Raymond est à l'école jusqu'à midi. Ça te laisse largement le temps...

– Le temps de quoi ?

– D'embobiner Maankop. »

Rose ouvre des yeux ronds.

« Qu'est-ce que tu racontes ?

– Tu m'as très bien compris. Deux heures en tête à tête avec l'idiot du village, c'est plus que suffisant pour qu'il te saute dessus. Séduire un débile qui ne demande que ça, c'est dans tes cordes, quand même ?

– Mais... mais... mais..., bégaie Rose qui n'en revient pas.

140

– Inutile de bêler, ce n'est pas Quasimodo [1]. Arrange-toi pour qu'il te fasse ta petite affaire, au besoin, aide-le, et quand nous rentrerons, prétends qu'il t'a violée. Il ne te contredira pas : c'est à peine s'il peut aligner trois mots. Je préviendrai immédiatement le baron qui, la première émotion passée, sera certainement ravi que son fils soit " un homme ". Il te proposera le mariage, tu accepteras, et tout le monde sera content : le baron, parce qu'il aura casé son mongolien, Maankop, parce qu'une mignonne petite femme comme toi, c'est un cadeau, surtout dans son cas, et tes parents parce qu'une alliance avec une famille noble flattera leur amour-propre.

– Et moi, Louis ? Moi ? MOI ! MOI ! Tu y as pensé ? »

Le gros lui tapote paternellement la joue.

« Bien sûr, bêtasse, que j'y ai pensé ! Je n'ai même pensé qu'à ça, figure-toi ! Tu deviendras madame la baronne, tu auras du fric, des bijoux, un chauffeur, une femme de chambre, que sais-je ?, et un nom prestigieux pour ton mioche. Que peux-tu souhaiter de mieux ? »

Très content de lui, il embarque son carton de livres, sa Hollandaise, et sur un : « Bonne chance, petite ! » tonitruant, se carapate vite fait bien fait.

Quand il rentrera, sa livraison terminée, il trouvera Rose tranquillement assise devant son métier,

1. Ce jeu de mot fait allusion à *Notre-Dame de Paris*, de Victor Hugo. La gitane Esméralda, dont Quasimodo, le sonneur de cloches simple d'esprit, est amoureux, possède une chèvre.

Baudouin devant le sien, et sur le tourne-disque, une chanson de Brassens :

Du temps que je vivais dans les troisième dessous,
Ivrogne, immonde, infâme,
Un plus soulot que moi,
pour une pièce de cent sous
M'avait vendu sa fâ-â-me.

La sérénité dans laquelle baigne la scène paraît incompatible avec la notion de viol, même simulé.

« Eh bien ? s'enquiert Louis.

— Non, fait Rose de la tête.

— Tu n'as même pas essayé, je parie !

— Non », fait Rose de la tête.

La main du gros part toute seule.

« Aïe ! crie Rose. Tu es fou ? Qu'est-ce qui te prend ?

— Tu veux un dessin ? », hurle Louis.

Et paf ! paf ! un aller-retour.

« J'en ai marre de ta brutalité, je vais aller me plaindre aux flics ! », sanglote Rose.

Ça, c'est exactement ce qu'il ne fallait pas dire. « Essaie un peu, salope ! », rugit le gros en cognant de plus belle.

Il la jette par terre, lui serre le cou des deux mains. « Il va me tuer », pense-t-elle, saisie d'une peur atroce. Mais un ordre bref jaillit en néerlandais, et l'étau se desserre.

A genoux sur le sol, Rose tousse à fendre l'âme.

« Tu peux remercier Johanna, siffle Louis. Sans elle... »

Il s'en va en claquant la porte. Rose se relève lentement, toute courbaturée, et ses yeux rencontrent ceux de Baudouin. Des yeux immenses, fixes, dans un visage agité de tics.

Epouvanté par la violence de la scène, le trisomique tremble de tous ses membres. Devant lui, sur la table, une petite flaque de sang. Dans son émotion, il s'est profondément entaillé le doigt au cutter.

Rose lui fait un pansement quand la sonnette retentit. Elle court ouvrir en boitillant. C'est le petit Raymond.

« Midi, déjà ? se lamente-t-elle. Et le repas qui n'est pas prêt ! »

Le lendemain, un coup de téléphone du baron De Bure avertit Louis que Baudouin ne viendra plus. Il est si perturbé qu'il a fallu se résoudre à le placer dans un établissement spécialisé.

« Quel dommage ! s'écrie le gros, sincèrement désolé. Il nous manquera, n'est-ce pas, les filles ! »

25

Et Marie, dans tout ça ? Marie, elle flippe de plus en plus. C'est une étrange créature, petite, ronde, assez quelconque en somme, mais nantie d'une somptueuse voix de sirène. Quand elle tombe sur Rose, au téléphone, elle l'insulte : « Dévergondée, putain, briseuse de foyer », et ces mots affreux, dans sa bouche, c'est presque une musique. Ensuite, elle réclame Johanna. « Je vous la passe », dit Rose, bien déterminée à rester polie.

Johanna prend le cornet, écoute les doléances de l'épouse outragée, place de temps à autre un *ja, ja* placide, puis raccroche en se frottant les doigts sur le menton, ce qui signifie « la barbe » pour ceux qui ne le sauraient pas.

Depuis qu'elle a appris que Rose venait quotidiennement à l'atelier, Marie débarque pour un oui pour un non, histoire de bien marquer son territoire. Et fait systématiquement du ramdam qui dégénère en engueulade avec Louis. A tel point que ce dernier, agacé, finit par lui reprendre sa clé.

« Tant mieux, approuve Rose, elle me fout les jetons.

– Tu n'as pas tort, elle peut être violente, renchérit le gros. Ce n'est pas vraiment sa faute, remarque : elle débloque. Elle a été suivie par un psychiatre, il y a quelques années. Il a même fallu l'interner.

– Sans blague !

– C'est comme je te le dis. Moi, je ne crains rien, bien entendu : j'ai l'habitude, je sais comment la maîtriser. Mais imagine qu'elle se pointe quand je ne suis pas là ? »

Rose réprime un frisson.

« Je n'ose même pas y penser ! »

Quelques jours plus tard, Louis et Johanna s'étant absentés, Rose est de permanence avenue Victor-Hugo. Elle attend le nouveau frigo, acheté avec l'emprunt du Crédit Bruxellois, qui doit être livré en fin de matinée. « Si jamais Marie vient en mon absence, ne lui ouvre sous aucun prétexte ! », a recommandé le gros.

Rose a promis. Elle écoute Brassens en cousant un Jules Verne, édition 1923. Le poêle à mazout répand une bonne chaleur douillette, un pot-au-feu mijote doucement dans la cuisine. « On est mieux ici que dehors, pense-t-elle. Avec cette neige et ce vent glacé... »

Soudain, on sonne.

« Déjà ? sursaute Rose. Ils sont en avance ! »

Elle jette un coup d'œil par la fenêtre. Ce n'est pas le camion d'Electro-Ménager, c'est Marie.

A pas de loup, elle se rassied et reprend son ouvrage. Deuxième coup de sonnette. Le cœur de

Rose bat la chamade. Pour plus de sûreté, elle se lève et ferme la porte de l'atelier au verrou, ainsi que celle de la cuisine, ornée de jolis vitraux jaune et vert. (Toutes deux donnent sur le couloir d'entrée où on accède par la grande porte de l'immeuble – à laquelle, justement, Marie sonne pour la troisième fois.)

« Maintenant, je suis en sécurité », se dit Rose. Et, afin de bien se prouver qu'elle n'a plus aucune inquiétude, elle prend un Petit Beurre dans la boîte en fer, sur la cheminée, et s'efforce de le grignoter. Puis elle retourne le disque :

Ah, ah, ah, ah, putain de toi,
Ah, ah, ah, ah, ah, pauvre de moi.

Entre-temps, Marie a changé de tactique : elle sonne au premier, chez l'ancien brigadier. « Je suis madame De Backer, explique-t-elle dans le parlophone. Pouvez-vous m'ouvrir, s'il vous plaît, j'ai oublié mes clés. »

Un petit grésillement. « Merci bien ! » La voilà dans le couloir.

Elle tente d'entrer dans l'atelier, la porte résiste. Celle de la cuisine également. Pourtant, elle est certaine qu'il y a quelqu'un : elle entend Brassens. Ça ne peut pas être Louis, qui ne l'aurait pas laissée poireauter dans le froid, ni Johanna, qui n'écoute pas ce genre de morceau. Donc, c'est forcément Rose.

« Ouvre-moi, sale gamine ! crie-t-elle. Je suis ici CHEZ MOI ! Dans la maison de MON mari ! »

Rose ne répond rien, elle évite même de respirer. Si elle pouvait se tapir au fond d'un trou de souris, ou mieux, disparaître purement et simplement, elle le ferait sans hésiter ! A défaut, elle éteint la chaîne.

Lasse de tambouriner en vain, Marie avise le vieux vélo, rangé près du portemanteau, sous l'escalier. Sa colère est telle que plus rien ne l'arrête. S'emparant de la pompe, elle l'envoie valdinguer dans les carreaux jaune et vert qui volent en éclats. Puis, au risque de se blesser, elle passe la main par le trou et tire le verrou.

C'est donc dans le fracas, la fureur et le bruit que Rose la voit apparaître, tel l'Ange Exterminateur de la Bible. Marie a des éclairs meurtriers dans le regard.

« Va-t'en, petite dégoûtante, voleuse, usurpatrice ! » hurle-t-elle, de sa voix sublime.

Terrifiée, Rose se ratatine dans son coin. Marie lui fond dessus, la frappe avec la pompe qu'elle a ramassée dans les débris de verre, puis, cette arme n'étant pas à la (dé)mesure de sa haine, avec un chandelier en chêne massif, une antiquité d'un mètre de haut ramenée à grands frais de Grenade lors du dernier voyage de Louis.

Rose, dont la peur atteint des sommets encore inexplorés, ne songe qu'à protéger son ventre. Tournant le dos à son agresseuse, elle n'offre aux coups qui pleuvent que son crâne, sa nuque, ses épaules, sa colonne vertébrale arquée comme celle d'un chien battu. Et Marie cogne, cogne, cogne, jusqu'à avoir le bras fatigué, puis attrape le « Biloko », posé sur la cheminée et le jette par la fenêtre.

« Fous le camp ou tu vas prendre le même chemin ! », braille-t-elle.

Emportée par l'élan, elle expédie dehors tout ce qui lui tombe sous la main : les disques, livres, bricoles de

Rose, et sa boîte de biscuits, dont le contenu s'éparpille sur le trottoir.

Rose, paralysée d'effroi, fait la morte.

« A ton aise, crache Marie, mais je te préviens : si tu ne pars pas de toi-même, les flics s'en chargeront. Et tu auras droit, en prime, à la maison de redressement ! »

Comme Rose ne bouge toujours pas, elle compose le numéro du commissariat et, cinq minutes plus tard, une fourgonnette stoppe devant l'immeuble. Deux policiers en descendent, un jeune et un vieux, que la montagne d'objets répandus dans la neige laisse un instant perplexes.

« Entrez, leur crie Marie, et arrêtez cette voleuse d'hommes !

– Qui êtes-vous ? demandent les flics.

– Madame De Backer.

– Vos papiers. »

Elle les leur donne.

« Vous ne vous appelez pas De Backer mais Meulenaert, constatent-ils.

– C'est mon nom de jeune fille.

– Pourquoi ne portez-vous pas le nom de votre mari ?

– Nous sommes divorcés.

– Vous êtes domiciliée 53 rue Edgar-Jacobs, à Uccle.

– Oui, c'est ma nouvelle adresse.

– Dans ce cas, vous n'avez rien à faire dans cet appartement en l'absence de son propriétaire. »

Ils ne posent pas de questions à Rose : ils savent qu'elle travaille ici pour l'y avoir vue à plusieurs reprises, lorsqu'une des nombreuses plaintes du voisin d'au-dessus les obligeait à intervenir afin de faire baisser les *porompompero* [1]. D'ailleurs, elle est si misérable qu'ils préfèrent la laisser en paix.

« Qui a jeté ces affaires dans la rue ? demandent-ils encore.

– Moi, dit Marie. Je veux que cette putain dégage de chez mon mari.

– C'est vous qui allez dégager, madame Meulenaert ! »

Elle est virée *manu militari* puis, tandis que le jeune flic dresse un procès-verbal, son collègue ramasse ce qui traîne dehors.

« Ne me laissez pas, s'il vous plaît, supplie Rose, comme ils regagnent leur véhicule. J'ai peur qu'elle revienne.

– N'ayez crainte, on va faire une ronde, et si elle rôde encore dans les parages, on l'embarque ! »

Ce n'est pas suffisant pour rassurer la jeune fille. En grelottant, elle referme la fenêtre, puis évalue les dégâts d'un œil navré. Par chance, un nouveau coup de sonnette la tire de son marasme, et cette fois, ce sont les livreurs.

Eperdue de reconnaissance, elle leur ouvre. Et, histoire de les retenir le plus longtemps possible, leur propose une assiette de pot-au-feu. A leur retour, Louis et Johanna trouvent tout ce petit monde – plus Raymond –, joyeusement attablé, et seule Johanna remarque la mine défaite de Rose. Louis, lui, n'a

1. Rengaine espagnole très connue.

d'yeux que pour les carreaux cassés, l'atelier en bordel.

« Qui a fait ça ?

– Marie, explique Rose d'une voix plaintive. Elle voulait me virer. Si les flics n'étaient pas intervenus... »

Mais Louis ne l'écoute plus. Il vient d'apercevoir le chandelier renversé.

« Nom d'un chien ! vitupère-t-il, en le ramassant pour l'examiner sous toutes les coutures.

– Elle m'a battue avec ! précise Rose.

– Une pièce unique du XVIIe siècle... Ah, elle va m'entendre, cette cinglée ! Je te la refourrerai en HP vite fait, moi ! »

Puis il appelle le commissariat.

« Je voudrais m'excuser à propos de ce matin, on vous a dérangés pour pas grand-chose. Mon ex-épouse est dépressive et s'en prend systématiquement à mes apprenties... Si je veux porter plainte ? Non, non, c'est une malade, vous comprenez... Promis, j'y veillerai. Au revoir, monsieur le commissaire, et merci ! »

Pourvu que cet incident n'attire pas à nouveau l'attention sur lui ! Fichues bonnes femmes... Décidément, elles ne lui amènent que des embrouilles !

26

19 heures 45.

« Hou là, faut que je me grouille ! s'écrie Rose, abandonnant son livre à encoller. Je vais me retrouver à la porte de chez moi...

– Tu ne peux pas rester encore un peu ? demande Louis. On est en retard, ce mois-ci, pour notre livraison. Faut mettre les bouchées doubles !

– Moi, je veux bien, mais où je vais dormir ? »

Du menton, le gros indique son lit, au fond de l'atelier. Rose tombe des nues.

« A... avec toi ? Tu acceptes ?

– Pourquoi pas, on est un vieux couple, maintenant !

– Un couple, ça vit ensemble », rectifie Rose.

Louis a un bon sourire.

« Et si tu t'installais ici ? »

Rose ne répond pas, mais l'expression de son visage parle pour elle. Une convoitise de petite fille affamée devant la vitrine d'un pâtissier.

« Tope là ! rigole le gros. Qu'est-ce qu'on dit à son vieux Louis ?

– Merci, souffle Rose qui n'en revient toujours pas.

– Merci qui ?

– Merci, mon amour.

– A la bonne heure, remets-toi vite au boulot, maintenant ! »

Vers minuit.

« Je n'en peux plus, bâille le gros. On se couche ? Johanna est déjà montée depuis plus d'une heure ! »

Il s'étire, sème ses vêtements aux quatre coins de la pièce, se fourre sous l'édredon. Rose, par contre, tourne en rond.

« Qu'est-ce que tu attends ? ronchonne-t-il. Pourquoi tu ne te déshabilles pas ?

– Ben... je n'ai pas de chemise de nuit.

– Et alors ? Tu n'as qu'à dormir sans rien, comme moi ! »

Moue embarrassée de Rose.

« Qu'est-ce qui se passe ? s'étonne Louis. Tu as peur que je te voie toute nue ?

– Ce n'est pas ça, mais... j'ai un si gros ventre... »

Il éclate de rire.

« Moi aussi, et je n'en fais pas tout un plat ! »

Un peu rassurée, Rose consent enfin à se montrer. Elle fait glisser son pull, son jean dont la braguette ne ferme plus et qu'elle maintient en place par une paire de bretelles, son linge de corps.

Louis la regarde en hochant la tête.

« C'est vrai que tu as une drôle d'allure, ma pauvre fille ! s'esclaffe-t-il. Ma parole, on dirait que le fœtus, c'est toi ! »

Le lendemain, au réveil, Rose court rechercher sa valise, à la plus grande consternation de ses parents.

« C'est votre faute, leur lance-t-elle, avec vos horaires ridicules. On a bien trop de travail pour que je rentre aussi tôt ! »

Et sans écouter leurs protestations, elle repart, toujours en courant.

Dès qu'elle arrive à l'atelier, Louis lui annonce :

« Ce soir, on fait bombance.

– En quel honneur ? demande-t-elle, encore tout essoufflée.

– Le tien. »

L'étonnement cloue Rose sur place.

« C'est une idée de Johanna, explique Louis. Pour fêter ton installation, elle a décidé de nous préparer des spécialités de son pays.

– Ça ne la dérange pas, alors ?

– Pourquoi ça la dérangerait ?

– Ben... je ne sais pas, moi... elle pourrait être jalouse... »

Le gros éclate de rire.

« Jalouse de toi ?

– Ben oui... On dort ensemble, quand même !

– Et alors ? En quoi ça la concerne ? »

Sourire désarmant de Rose.

« Bien sûr, que je suis bête, puisqu'il n'y a rien entre vous ! »

Le repas est, en effet, royal : pumpernickel, rollmops, smaatjes, spéculoos, le tout arrosé de liqueur d'advocaat... Rose en pleurerait de joie ! Elle sent son cœur tellement vaste, tout à coup, que Johanna pourrait y loger tout entière, avec son mètre quatre-vingts. Et Louis, avec ses cent et quelques kilos. Et le petit

Raymond. Et Marie, tant qu'à faire – après tout, elle n'est pas entièrement responsable de ses actes. Et même le brigadier du dessus, plus sa femme et son téléphone...

Après le repas, la voyant un peu saoule, Louis l'installe dans le meilleur fauteuil, celui qui est contre le poêle et qu'il se réserve, d'ordinaire. Lui aussi est gagné par l'attendrissement (la liqueur d'advocaat n'y est pas étrangère !). Il prend Raymond sur ses genoux, le cajole. Raymond rit parce que la grosse moustache le chatouille, il n'a pas l'habitude, son père est plus prompt à la baffe qu'au bisou, dans l'ensemble.

Sur le tourne-disque passe un poème de García Lorca.

« Je vais te le traduire, dit Louis à Rose, on le dirait écrit exprès pour toi : *Plaignons l'épouse desséchée qui a des mamelles de sable ; nombril, tendre calice des merveilles...* Une ode à la gloire de la maternité, comme c'est de circonstance ! »

Ensuite, c'est au tour de Brassens :

... Et ce brave sac d'os, dont je n'avais pas voulu
Même pour une thune
M'est entré dans le cœur, et n'en sortirait plus
Pour toute une fortu-une.

« On dirait nous ! », murmure Louis, ému aux larmes, en attirant Rose contre lui.

Il évoque son frère Grégoire, mort exsangue à la guerre.

« Notre fils portera son nom, ma chérie, tu veux bien ?

– Oh oui », dit Rose, convaincue de rêver. Et tout bas, elle gazouille : « Grégoire... Grégoire... Grégoire... » comme pour apprivoiser le petit être qui l'habite.

Désormais, son enfant a une réelle existence puisqu'il possède un nom. Un nom donné par SON PERE !

« C'est le plus beau jour de ma vie », pense-t-elle en caressant son ventre.

Un minuscule coup de pied lui répond.

27

Rituel immuable des matins : à sept heures et demie tapantes, Louis se lève, met à chauffer l'eau pour le café et pose *Porompompero* sur la platine. Johanna aime être réveillée en musique, et pour que celle-ci parvienne jusqu'à sa chambre, il faut hausser le son au maximum – ce qui, accessoirement, fait gueuler le brigadier. Puis, tandis que Rose émerge à son tour (en se bouchant les oreilles : « Quel boucan insupportable ! »), le gros court à la boulangerie acheter des « pistolets », petits pains ronds très prisés en Belgique. Il les dispose sur un plateau avec du café au lait, du beurre, de la confiture, et monte ça au troisième. Une heure plus tard, il redescend, tout guilleret. Rose a eu le temps de s'habiller, de préparer Raymond, de le faire déjeuner et de l'envoyer en classe.

« Ben dis donc, tu as traîné ! remarque-t-elle.

– On bavardait, répond Louis, évasif.

– Si longtemps ?

– Johanna me racontait son cauchemar. Pauvre gosse, elle est encore toute secouée ! »

A présent qu'elle habite avenue Victor-Hugo, Rose a décidé de prendre les choses en main. Elle a remonté de la cave les monceaux de linge sale qui s'y entassaient et a entrepris de tout laver, repasser, et de garnir à nouveau les placards de belles piles bien propres. Raymond ne partira plus en classe avec des habits troués, elle va y veiller ! De même qu'elle va veiller sur son alimentation, sa santé, ses devoirs. Elle ira même jusqu'à s'interposer entre lui et son père lorsque ce dernier se fichera en rogne, ce qui est monnaie courante. Rares sont les journées où l'enfant ne reçoit pas sa rouste, c'est ainsi que Louis conçoit l'éducation. Or, ça, Rose n'en veut plus. « Compte sur moi pour te défendre, mon p'tit bonhomme, même si je dois dérouiller à ta place », ce qui est le cas : chaque fois que la paume paternelle loupe la figure de Raymond, c'est dans la sienne qu'elle atterrit.

Faut dire, ce moutard, ce n'est pas un cadeau. Teigneux, hypocrite, menteur, brutal – et cancre ! –, il collectionne les tares comme d'autres les bons points. Rose se fait un sang d'encre quand elle le voit revenir de l'école, les vêtements déchirés (« Tu t'es encore frité avec tes camarades ? Mais saperlipopette, qu'est-ce que tu as dans la tête ? »). Afin d'éviter les représailles paternelles, elle truande, signe les bulletins, recoud les boutons, pond des mots d'excuse, ce qui crée des liens entre elle et le coupable. Il lui arrive même de l'appeler maman !

L'embonpoint de Rose intrigue Raymond. Elle a beau porter les vieilles chemises de Louis – dans lesquelles elle flotte ! – pour dissimuler ses rondeurs illicites, l'inévitable question finit par tomber : « Dis, Rose, pourquoi t'as un gros ventre ? »

Ils sont en tête à tête, cet après-midi-là. Devant un chocolat et du quatre-quart un peu brûlé mais consommable. Rose prend son courage à deux mains et se lance dans une longue explication sur la fonction reproductrice.

« Je croyais qu'il fallait être mariés pour avoir des enfants, l'interrompt Raymond. Tu es mariée, toi ?

– Presque : je vis avec ton papa comme si j'étais sa femme. »

Raymond prend l'air de celui auquel on ne la fait pas.

« Il en a déjà une, de femme : ma maman ! On n'a pas le droit d'en avoir deux ! »

Avec toute la délicatesse requise, Rose explique que, dans certains cas, si : les hommes divorcés ont quelquefois deux femmes, l'ancienne et la nouvelle.

« Ah, d'accord ! », dit Raymond, et, sa curiosité étant satisfaite, il change de sujet – au grand soulagement de Rose.

Le lendemain, le petit garçon rentre de l'école légèrement fiévreux. Il a le nez qui coule, tousse, bref présente tous les symptômes d'une bonne grippe.

« Il faut le coucher avec une bouillotte et un cachet d'Aspirine », décrète Rose.

Louis rouspète.

« On ne va pas sortir son matelas en milieu de journée : ça encombre, on ne peut plus passer !

– Il n'y a qu'à le mettre dans notre lit. »

Vers 10 heures, Rose tombe de sommeil.

« Couche-toi près de lui, dit Louis, je dormirai par terre. »

Elle obéit. La proximité du petit malade est loin d'être agréable : il transpire, gigote, prend toute la place. Mais Rose sait se plier aux impondérables. En regrettant la proximité confortable de son gros, elle s'installe comme elle peut, à l'extrême bord du matelas, et ne ferme quasiment pas l'œil.

Le samedi suivant, Raymond va chez sa mère. Au cours du week-end, celle-ci téléphone.

« Le père ne lui suffit pas, hurle-t-elle au bout du fil, il lui faut aussi le fils ?

– De quoi s'agit-il ? interroge Louis, sans se départir de son calme.

– De ta poule, tiens ! Elle a dormi avec Raymond, c'est intolérable !

– Qu'as-tu encore été inventer ? Le gamin était malade, il avait besoin d'un bon lit, je lui ai cédé ma place. Où est le problème ?

– Le problème, c'est qu'elle a essayé de le pervertir.

– Tu délires complètement !

– Ah oui ? Et les cochonneries qu'elle lui a racontées, hein ? Je les ai inventées aussi, peut-être ?

– Quelles cochonneries ?

– Tu n'es pas au courant, évidemment : elle cache bien son jeu, la sainte-nitouche ! Figure-toi qu'elle a fait son éducation sexuelle, à sept ans ! Il en sait plus que moi, dans ce domaine, il pourrait presque me donner des leçons ! Et ce n'est pas tout, elle lui a aussi parlé de vos relations. Sans oublier le « beau petit frère » ou la « belle petite sœur » qu'il te devra, dans quelques mois ! »

Marie crie tellement fort qu'on l'entend dans toute la pièce : sa voix magnifique sature l'écouteur. Rose a traumatisé son enfant, affirme-t-elle. Plus question qu'il remette les pieds dans l'atelier !

« Dorénavant, si tu veux le voir, tu n'auras qu'à venir chez moi ! D'ailleurs, la loi est de mon côté : je te rappelle que j'ai la garde parentale. Le juge a été formel : (elle récite) *l'enfant sera confié à sa mère avec droit de visite paternelle une fois par mois.* A bon entendeur... ! »

Quand Louis raccroche, il a son regard des mauvais jours. « Aïe aïe aïe, ça va être ma fête », pense Rose.

Le gros marche sur elle, elle recule d'un pas.

« Merci ! scande-t-il d'une voix qui tremble de colère.

– Je n'ai rien fait ! se défend Rose, se protégeant d'instinct le visage derrière son coude.

– Me priver de mon fils, ce n'est rien, peut-être ? Tu l'as fait exprès, avoue !

– Pas du tout, je... j'ai juste répondu à ses questions, et...

– Tu en avais marre de t'occuper de lui, alors, tu as manœuvré pour que Marie le reprenne ! Bien joué, ma grande ! Je ne sais pas ce qui me retient de... »

En fait, c'est le regard de Johanna qui le retient. La Hollandaise s'est arrêtée de coudre, et ses yeux de renarde le transpercent de part en part.

« Quoi qu'il en soit, que tu aies agi par calcul ou par maladresse, tu as commis une bourde que je ne suis pas près de te pardonner ! », lâche-t-il, avant de reprendre son travail.

« Ouf, je l'ai échappé belle ! » se dit Rose, soulagée. Puis elle pense : « Je ne reverrai plus jamais Raymond », et fond en larmes.

28

Rose est allée passer l'après-midi chez ses parents. Ça lui arrive quelquefois : maintenant qu'elle n'habite plus avec eux, ils lui manquent. Quand le vague à l'âme la taraude trop, elle met son orgueil dans sa poche et débarque à la quincaillerie, quitte à encaisser reproches sur reproches.

« Une solution nous tombe du ciel, lui annonce sa mère, ce jour-là. Ton cousin Pierre, qui vit au Rwanda, vient de rentrer pour les fêtes. Tu sais qu'il ne peut pas avoir d'enfant : sa femme est stérile à cause de la quinine. Ils cherchent à en adopter un, c'est même le but de leur voyage. Je leur ai parlé de toi et ils sont emballés. Non seulement ça leur permettrait d'échapper aux formalités d'adoption et ça raccourcirait le délai d'attente, mais ils connaîtraient la provenance du gosse, ce qui est toujours rassurant...

– Je ne comprends pas où tu veux en venir, coupe Rose d'une voix blanche.

– Décidément, il faut tout t'expliquer ! Ils sont d'accord pour prendre ton bébé à la naissance et le déclarer comme étant le leur. Ainsi, tu pourras poursuivre tranquillement tes études et, plus tard, te marier, en dépit de tes frasques. Qu'en penses-tu ? »

Le visage de Rose n'est plus qu'une grimace.

« Personne ne touchera à mon Grégoire ! gronde-t-elle. Il est à moi ! Jamais il n'appellera une autre femme maman ! »

Cette réaction farouche – « et si inattendue, n'est-ce pas, Marcel ? – Pas du tout, chérie : je t'avais prévenue qu'elle n'accepterait pas ! » ; cette réaction, donc, met Mme Vermeer hors d'elle.

« Tu n'es qu'une égoïste ! Moi qui étais si heureuse quand je t'ai mise au monde... Eh bien, si j'avais pu prévoir le calvaire que je subirais par ta faute, je te le jure, je te le jure, hein ! j'aurais préféré faire une fausse couche !

– Puisque c'est comme ça, je m'en vais, dit Rose. Et je ne reviendrai plus jamais. Considère que tu as fait une fausse couche, maman. »

Et elle retourne avenue Victor-Hugo, sous une pluie battante.

L'atelier est désert. Avant qu'elle ne parte, Louis lui a dit : « Ce soir, j'emmène Johanna au cinéma. Ne nous attends pas, mange et va dormir, nous ne serons pas rentrés avant minuit. » En accrochant son imperméable au portemanteau, Rose a pu constater qu'en effet, la gabardine de Louis et le blouson de Johanna ne s'y trouvaient pas. Elle se réchauffe donc un restant de nouilles qu'elle picore directement dans la casserole, et enfile sa chemise de nuit. Puis elle se met au lit et, plutôt que de ruminer les propos de sa mère – ce qui serait aussi inutile que douloureux ! –, se plonge dans la lecture du livre qu'elle vient d'emprunter : *La Retraite sentimentale*, de Colette. Le roman retrace la mort de Renaud, le vieux mari de Claudine – *personnage inspiré*, précise la préface, *du propre époux de l'auteur, l'écrivain Willy, qui l'a exploitée durant tant d'années en cosignant abusivement ses œuvres. Par ce dernier volet de la saga des Claudine, écrit après leur séparation, Colette clôt dix années de dépendance littéraire. Sa véritable carrière vient de commencer.* « Ce bouquin est génial ! » estime Rose en éteignant sa lampe de chevet.

Elle ferme les yeux et, tandis que le sommeil l'engourdit peu à peu, laisse voguer sa pensée. « Je me demande quel film Louis et Johanna ont été voir... *A bout de souffle*, peut-être ? On le donne au Majestic, Porte de Namur. Ou *Dragée au poivre*, avec le petit jeune, là, Guy Bedos, paraît qu'il est extra, on parlait de lui dans le journal d'hier. Pff, j'aurais mieux fait de les accompagner plutôt que d'aller chez mes parents ! »

La pluie crépite sur la fenêtre du jardin, derrière sa tête. « Quelle *drache* [1] ! Ils vont être trempés, en sortant du ciné ! D'autant qu'à cette heure-ci, il n'y a plus de trams, et prendre un taxi, Louis ne voudra jamais. Il est bien trop radin ! Ça va peut-être s'arrêter, remarque... Non, ce serait trop beau : en ce moment, c'est flotte, flotte, flotte. Fin novembre, il neigeait, et la température s'est brusquement réchauffée. Dommage, nous n'aurons pas un Noël blanc... »

---

1. Drache : « pluie violente » en wallon.

L'averse redouble, tacatac, tacatac. Bruit de mitraillette, de machine à écrire sur la vitre obscure. « *Une petite fille en pleurs, dans une ville en pluie, et moi qui cours après...*, fredonne Rose. N'empêche, je ne comprendrai jamais Louis. Qu'est-ce que ça lui coûterait, le taxi depuis la Porte de Namur ? Quatre-vingts francs ? Cent, à tout casser ? Il n'en est pas à cent balles près, quand même ! Mais monsieur préfère marcher, au risque d'attraper l'angine du siècle. Ah là là... Heureusement qu'il a son parapluie : depuis que je l'ai retrouvé dans le fatras de la cave, il ne s'en sépare plus. Merci Rose ! »

Elle se remémore la scène avec amusement. « Oh, le parapluie de mon père ! » s'était exclamé Louis quand elle le lui avait rapporté d'une de ses fameuses « expéditions souterraines ».

– *Het is niet jong* [1] ! avait pouffé Johanna.

– Peut-être, mais il est toujours en bon état ! Ah, on fabriquait du bon matériel, avant guerre ! »

Et, sans crainte du ridicule, il avait rangé cette espèce de gigantesque truc noir, encombrant en diable et honteusement démodé, dans le porte-parapluies.

Une bizarre impression saisit Rose. Le sentiment diffus que quelque chose cloche, mais elle ne sait pas quoi.

Un parapluie dans un porte-parapluies... Qu'est-ce que ça a d'anormal ?

Elle fait le net sur l'image, une image toute fraîche dans sa mémoire puisqu'elle l'a enregistrée une heure ou deux auparavant.

1. *Het is niet jong* : « il n'est pas jeune ! »

Une heure ou deux aup... Mais... mais oui, voilà ce qui cloche : LE PARAPLUIE EST DANS LE PORTE-PARAPLUIES !

« C'est impossible, s'écrie Rose. Louis ne sort jamais sans. Surtout par ce temps ! » Et elle se lève pour aller vérifier.

Non, elle n'a pas rêvé : le parapluie se trouve bien à sa place habituelle. « Pourquoi ne l'ont-ils pas emporté ? Quand ils sont partis, vers 6-7 heures, il tombait des cordes, et Louis ne supporte pas les gouttes sur sa tonsure. En plus, Johanna n'a pas de capuche à son blouson... »

Rose tourne et retourne cette énigme insoluble dans sa tête, lorsqu'un soupçon l'assaille sans crier gare : « Et... s'ils n'étaient pas sortis, mais qu'ils aient retiré leurs manteaux du portemanteau POUR ME LE FAIRE CROIRE ? »

Elle hausse les épaules, se moque d'elle-même : ça leur ressemblerait, tiens, ce genre de blague idiote !

A moins que... ce ne soit pas une blague ?

« Est-ce que, par hasard... ils me cacheraient quelque chose ? » Son cerveau mouline à l'accéléré, émettant des suppositions, les rejetant, en émettant d'autres. Raisonnements et contre-raisonnements se succèdent et s'annulent à une vitesse vertigineuse.

Au bout du compte, une quasi-certitude : Louis et Johanna se trouvent ailleurs que là où ils sont censés être.

Mais où ?

Dans l'immeuble ?

Chez le brigadier du dessus, par exemple ? Ils se sont réconciliés en cachette et ne veulent pas que Rose le sache ? Non, ça ne tient pas debout.

Alors, où ? A la cave ? Au grenier ?

Dans la mansarde ?

Dans la chambre de Johanna ?

Oh, merde...

Rose a chaud au visage. Son estomac n'est plus qu'une petite boule toute dure, au fond de son ventre. Sur ses pieds nus, furtive et comme en faute – pas fière d'elle, en tout cas ! –, elle grimpe jusqu'au troisième. Puis, arrivée là-haut, elle écoute.

De la musique s'échappe de sous la porte, en sourdine : *Casse-Noisette* de Tchaïkovski, l'un des morceaux favoris de Louis. Et là-dessus, des grincements de sommier, des bruits confus : souffles, rires étouffés, murmures ; toute une rumeur de plaisir. Puis un petit cri, un cri de femme contente, et la grosse voix de Louis qui dit quelques mots en flamand.

D'un coup, une rage aveugle s'empare de Rose. Elle se rue sur la porte.

« Salauds, je sais ce que vous faites ! Ouvrez-moi tout de suite, je vous déteste ! »

Silence instantané. Plus un son, plus un souffle. Mais la jeune fille continue de marteler le battant à coups redoublés, en braillant comme une perdue :

« Je vous hais ! Je vous hais ! Je voudrais vous tuer ! »

Le brigadier, réveillé en sursaut, sort sur le palier et crie : « Ce n'est pas bientôt fini, ce ramdam, bande de sauvages ? Cessez immédiatement ou j'appelle la police !

– Ta gueule, vieux croûton ! », glapit Rose avant de glisser sur le parquet, secouée de sanglots rauques.

Un long moment passe, puis, de l'intérieur de la chambre, quelqu'un tire le loquet. La porte s'ouvre. Louis sort lentement, s'accroupit près d'elle, la prend dans ses bras.

« Qu'est-ce qui se passe, petite fille ? », demande-t-il d'une voix douce, si douce que Rose en a le frisson.

Subjuguée, elle ânonne :

« Tu... tu me trompes avec Johanna... »

Le gros hoche tristement la tête.

« Tes accusations me font beaucoup de peine, Rose... Tu n'as donc plus confiance en moi ? »

Tout en parlant, il lui caresse les cheveux, cueille ses larmes du bout de l'ongle, lui tapote le dos, empaume sa nuque. Bref, l'apaise comme lui seul sait le faire, alors qu'elle s'attendait à des beignes.

Plus que tout le reste, cette soudaine – et incompréhensible ! – indulgence la déstabilise. Bouscule ses certitudes. Est-ce là l'attitude d'un coupable, franchement ? N'est-ce pas plutôt la preuve qu'il n'a rien à se reprocher ?

Et elle qui lui a hurlé des horreurs... Les beignes, elle les aurait mille fois méritées !

« Pardon », balbutie-t-elle, pétrie de honte.

Il l'embrasse. Alors elle, dans un souffle :

« Pourquoi vos manteaux n'étaient pas au porte-manteau ?

– Parce que la cage d'escalier n'est pas chauffée, tiens ! Tu n'as pas remarqué qu'il fait glacial ?

– Vous deviez aller au cinéma...

– On a changé d'avis au dernier moment, c'est interdit ? Et on est montés boire un verre. Quand tu n'es pas là, l'atelier est si vide... »

Il sourit, très tendre.

« Pardon, répète Rose, d'une voix plus ferme.

– Bien sûr que je te pardonne, grande sotte ! Mais ne me refais plus jamais une scène pareille, sans quoi ! »

Il la menace gentiment de l'index puis l'aide à se relever.

« Si nous allions nous coucher, maintenant, ma chérie ? Toutes ces émotions m'ont brisé ! »

29

Il y a, au centre-ville, à deux pas de la cathédrale Sainte-Gudule, une boutique d'antiquités qui regorge de merveilles. Elle est tenue par un homme d'une cinquantaine d'années, M. William (comme dans la chanson de Léo Ferré, eh oui !) dont Louis s'est fait, sinon un ami, du moins une agréable relation. C'est avec lui qu'il est allé en Espagne au printemps dernier ; la grande table de l'atelier, le fauteuil près du poêle et la vierge d'ébène qui garnit la cheminée proviennent de son magasin.

De temps à autre, M. William vient dîner à l'atelier. Ce sont des soirées très gaies car il apporte toujours une bonne bouteille. Il a, avec Louis, des discussions animées sur l'art, la restauration et le cours du peso, mais parle peu aux jeunes filles, se contentant de poser, à intervalles réguliers, des yeux pensifs sur elles – yeux qu'il a vairons, un marron un vert, ce qui trouble Rose au point qu'elle n'ose pas les regarder. En dehors de ça, il est plutôt bel homme, mince, élégant, les tempes grisonnantes, avec de faux airs à la Gregory Peck.

Un soir, pendant le repas, Rose chipote sans grand

appétit dans son assiette lorsqu'elle sent quelque chose frôler sa jambe, sous la table. Surprise, elle change de position. L'instant d'après, rebelote. Elle se penche discrètement, soulève un pan de la nappe, tiens ? c'est un pied. Et à qui appartient-il, ce pied ? Je vous le donne en mille. A M. William.

« J'ai la berlue ! » se dit Rose, tout d'abord. Elle redouble d'attention. Pas de doute, c'est bien le pied de M. William qui glisse le long de son mollet jusqu'au genou, puis redescend, avec sa chaussure bien cirée qui luit dans l'ombre. « M. William me fait du pied !? »

Ahurie, elle relève la tête... et rencontre deux yeux fixés sur elle. « On dirait que celui de droite a déteint au lavage », pense-t-elle stupidement.

Ces yeux-dont-l'un-a-déteint-au-lavage lui sourient.

Le dîner terminé, Rose débarrasse la table tandis que Johanna et Louis s'installent dans les fauteuils pour prendre le café. En invité modèle, M. William lui propose un coup de main et, sans lui laisser le loisir de refuser, ramasse les couverts sales, l'escorte dans la cuisine – dont il ferme la porte – puis il s'approche d'elle et lui passe doucement la main sur le ventre.

Dans son émoi, Rose casse un verre.

« J'ai une fille de ton âge, un peu dans ton genre, dit M. William. Elle vit aux Etats-Unis. »

Sa voix tremble.

« C'est Louis le père de l'enfant ?

– Oui », répond Rose, et elle s'empresse d'ouvrir le robinet de l'évier et de verser le Mir. Puis elle s'absorbe dans la contemplation des assiettes sales que l'eau savonneuse recouvre peu à peu.

« Je connais bien Louis De Backer, reprend l'antiquaire. C'est une ordure. Il te fera du mal, s'il ne l'a
déjà fait. A toi et à ton petit. Si un jour tu décides de le
quitter, viens chez moi, tu sais où j'habite. D'ailleurs,
pour plus de sûreté, voici ma carte. »

Il lui glisse un bristol dans la poche, puis tâte la
sienne, de poche, en sort son porte-cigarettes, prend
une Marlboro, l'allume avec un petit briquet d'argent
et va rejoindre les deux autres.

Restée seule, Rose commence machinalement sa
vaisselle, en butte à la plus grande perplexité de sa vie.
« Qu'est-ce qu'il me veut, ce type ? Je ne l'ai quand
même pas séduit comme ça, paf, d'un claquement de
doigts – surtout dans mon état ! Alors... ? »

Elle se mordille les lèvres. « Ma condition de fille
mère l'attendrit, il a pitié de moi, c'est ça ? »

L'hypothèse est déjà plus plausible. Néanmoins,
avait-il réellement l'attitude de quelqu'un qui pratique
la charité ? Force est à Rose de s'avouer que non.

Les sourcils froncés par la concentration, elle frotte
la même fourchette pendant une bonne minute. Puis
un sourire de victoire se dessine sur ses lèvres. « J'ai
compris ! Il cherche tout simplement à jouer un mauvais tour à Louis. Lui piquer sa femme par vengeance
ou je ne sais quoi. Il lui en veut, c'est évident, sinon
pourquoi l'aurait-il traité d'ordure ? Oh, le salaud ! Et
mon pauvre gros qui ne se doute de rien... Plus jamais
je reverrai la sale bobine de ce faux-cul ! »

La vaisselle finie, Rose annonce, de loin : « Je suis
fatiguée, je vais me coucher », s'éclipse au fond de
l'atelier, se déshabille à l'abri du massicot, et, en

suspendant comme chaque soir sa chemise au levier, fait tomber la carte de visite. Elle la ramasse, s'apprête à la déchirer, se ravise, la remet dans sa poche. Puis court cacher son sentiment de culpabilité dans le grand lit (presque) conjugal.

30

Noël. Le premier Noël de Rose sans sapin, sans cadeaux – il fallait bien que ça arrive un jour ! Quand elle était petite, elle attendait toute l'année cette date exceptionnelle : les quincailliers, pour l'occasion, choyaient leur fille unique, ce qui donnait lieu à un déballage éblouissant, ponctué de cris de joie. Mais Louis désapprouve les traditions en général et celle-là en particulier. Pas question qu'il laisse entrer chez lui cet innocent végétal, arraché aux forêts ardennaises et sacrifié à la connerie bourgeoise !

Minuscule entorse à ses principes : il a acheté (en bougonnant !) une Dinky Toys pour Raymond et, accompagné de Johanna, est allé passer la journée chez Marie.

Rose tourne en rond dans l'atelier désert. Des souvenirs l'assaillent. Elle pense à ses parents, y pense même tellement que ça lui flanque un cafard monstre. Elle les imagine, lui, vif et maigre, si maigre, si touchant, et elle, belle et malheureuse, tels des orphelins autour de leur sapin. Depuis sa dernière dispute avec sa mère, elle n'est pas retournée chez eux – et s'est juré que ce serait définitif. Mais en ce jour béni, elle pourrait peut-être faire une exception, non ? La « trêve de Noël » n'est pas un vain mot...

Bref, après moult tergiversations, Rose décroche son manteau au moment précis où le téléphone sonne. Coïncidence : c'est sa mère.

« Ne viendras-tu pas nous rendre visite ? Je t'ai acheté un petit quelque chose... »

Le cœur de Rose fond dans sa poitrine.

« Justement, je m'apprêtais à partir, mais que tu m'aies appelée me fait un tel plaisir, maman... »

Elle enfile ses bottes, s'emmitoufle et sort, toute légère – dans la mesure où l'on peut taxer de légèreté une femme enceinte de six mois et demi.

Au pied de l'arbre, il y a trois personnes : son père, sa mère et le curé. Pas le vieux, celui qui l'a baptisée et lui a fait faire sa première communion, un jeune à lunettes qu'elle ne connaît pas. Ses parents s'empressent de les présenter :

« Rose, voici l'abbé Enrard qui remplace le père Martial, à la retraite depuis la semaine dernière. Monsieur l'abbé, c'est notre fille dont nous vous avons parlé et qui nous donne tant de soucis.

– La brebis égarée ? répond onctueusement le curé. Espérez, mes amis, je suis sûr que bientôt, elle vous reviendra honteuse et repentante, n'est-ce pas mademoiselle ? »

Rose ouvre des yeux ronds. Qu'est-ce que c'est que ces salamalecs ? Elle n'est pas venue écouter des sermons mais chercher un peu de chaleur humaine. Que cet intrus s'en aille et les laisse en famille, afin qu'ils se serrent mutuellement dans leurs bras !

Non seulement l'intrus ne s'en va pas, mais il accepte deux doigts de porto, et continue à pontifier devant les Vermeer qui boivent ses paroles. Ne pouvant pas en placer une malgré ses multiples tentatives, Rose commence à regretter d'être venue. Elle termine son verre, ouvre le paquet offert par sa mère – « Oh, une robe de grossesse ! Moi qui n'avais plus rien à me mettre ! » – et s'apprête à prendre congé lorsque le curé s'adresse à elle :

« Mon enfant, j'aimerais causer un moment seul à seule avec vous. Pourriez-vous m'emmener dans votre chambre, si vos parents le permettent ? »

Rose a un haut-le-corps.

« Heu... Je... je suis un peu pressée...

– Ce ne sera pas long. »

Du geste auguste du pasteur guidant son troupeau, il la pousse vers la porte du salon, puis vers l'escalier menant au second. Mme Vermeer les y précède :

« Entrez, monsieur l'abbé, mettez-vous à l'aise. Rose, une chaise pour l'abbé ! Je hausse un peu le chauffage et je vous laisse...

– Ne vous donnez pas tout ce mal, proteste le prêtre, nous n'en avons que pour quelques minutes.

– On dit ça », sourit Mme Vermeer en s'esquivant.

« Ma parole, c'est une conspiration ! », réalise Rose, outrée. Si elle était moins timide, elle congédierait l'indésirable avec tous les honneurs dus à son rang. Oui mais voilà, elle n'ose pas et, tout en maudissant sa propre lâcheté, se contente de bouder en attendant la suite.

Le curé s'éclaircit la gorge, joint les mains, et commence, d'un air pénétré : « Ma chère enfant, j'aimerais vous poser une question... »

Rose ne s'informe pas « laquelle ? », ainsi que l'exigerait la plus élémentaire politesse. Les lèvres serrées, elle inspecte le plafond. Un peu désarçonné par son mutisme, le prêtre toussote.

« Quelle question ? me demanderez-vous... »

Rose n'a pas l'intention de demander quoi que ce soit et espère que cela se remarque.

« ... Celle-ci : êtes-vous heureuse ? »

Non mais, de quoi je mêle ? pense Rose, de plus en plus renfrognée.

« A cette question, je réponds NON ! »

Rose consulte ostensiblement sa montre. *J'attends l'entracte pour me barrer ou j'interromps le one-man show ?*

« Et pourquoi n'êtes-vous pas heureuse ? Eh bien, je vais vous le dire : parce que vous vivez dans le péché. »

Ricanement intérieur de Rose : *Si ce n'est que ça, pas la peine d'en faire tout un plat. Depuis le temps que Louis ne m'a plus approchée...*

« Et non seulement vous vivez dans le péché, mais vous entraînez avec vous un être innocent dont la responsabilité vous incombe ! »

Rose sursaute. Comme pour manifester son désaccord, le petit être innocent vient de bouger. *On n'y est pas si mal que ça, dans mon péché, hein, lapinou !* pouffe-t-elle mentalement. *On peut même dire que c'est le paradis, qu'en penses-tu ?*

« Votre salut éternel, y avez-vous réfléchi ? poursuit le curé, crescendo. Si vous mouriez là, subitement, devant moi, avec des fautes mortelles sur la conscience, où iriez-vous ?

– Je n'en sais rien, réplique Rose dont la patience a atteint ses limites, et même bien au-delà, mais ce que je sais, par contre, c'est où je vais aller tant que je suis bien vivante : chez moi. Enchantée d'avoir fait votre connaissance, monsieur l'abbé. Ne me reconduisez pas, je connais le chemin.

– Un instant, mon petit ! »

Le prêtre lui attrape le bras.

« Par pitié, oubliez cet homme qui vous entraîne loin de votre devoir et revenez vers vos bons parents. Ils sont prêts à passer l'éponge ! Sous ce toit qui vous a vue naître, vous pourrez élever votre enfant avec leur aide, dans la paix du Seigneur.

– Désolée, siffle Rose en se dégageant, Grégoire a un père, je n'ai besoin de personne d'autre. D'ailleurs à cette heure-ci il doit m'attendre, peut-être même s'inquiéter, et vous qui me retardez... Sans vouloir vous vexer, ce n'est pas très correct de votre part !

– Jésus a dit : MALHEUR A QUI FAIT PLEU-RER SA MERE ! tonne le prêtre, avec un impressionnant effet de manches. La vôtre a répandu plus de larmes depuis votre départ que durant tout le reste de son existence. Vous tuez à petit feu cette femme admirable, et devrez en rendre compte à Dieu ! Prenez garde que l'enfant encore en votre sein ne porte le poids de Sa Sainte Colère !

– Sa Sainte Colère, je l'emmerde et vous aussi ! », hurle Rose, à bout de nerfs.

Elle dévale quatre à quatre les deux étages, passe devant ses parents sans leur dire au revoir, et se sauve en claquant la porte.

Ce n'est qu'arrivée avenue Victor-Hugo, dans la bienheureuse solitude de l'atelier, qu'elle se souvient de son cadeau.

« Tiens, où est-il, au fait ? »

Elle l'a oublié.

31

Parmi les élèves qui prennent des leçons de reliure à l'atelier, tous les lundis après-midi, il y a Huguette et Stéphane Müller. Lui, c'est le genre jeune cadre dynamique ; elle, une sorte d'Anouk Aimée blonde. Ils aiment bien Rose, d'autant plus qu'ils connaissent sa situation. Un jour où, chargée par Louis d'une course urgente, elle renâclait devant la pluie, Stéphane a déclaré : « Tant pis pour le cours, je te conduis en voiture. Il fait un temps à ne pas mettre un chien dehors, alors, une rose ! » En chemin, trop heureuse de rencontrer une oreille compatissante, la jeune fille s'est confiée. Stéphane l'a écoutée attentivement, a hoché la tête : « Ma pauvre petite, tu es mal barrée ! » et lui a filé son numéro de téléphone, au cas où elle aurait un pépin. Rose a remercié, l'a enfoui dans la poche de sa chemise, à côté de celui de M. William, puis il n'a plus été question de rien.

L'hiver bat son plein. Ça a commencé le lendemain du départ de Johanna qui est allée passer le Nouvel An en Hollande. Bruxelles est couverte de neige, une couche de plusieurs centimètres, dure comme de l'asphalte car il gèle à pierre fendre. Vu le contexte, Rose a préparé un plat qui tient au corps : de la soupe de pois cassés avec des petits morceaux de lard et des croûtons. Louis et elle sont seuls dans l'atelier. Le poêle est allumé à fond, les rideaux tirés, la lampe dessine un rond clair entre leurs deux assiettes. Tout en mangeant, ils écoutent du Brassens.

Je n'avais jamais ôté mon chapeau
Devant personne
Maintenant, je rampe et je fais le beau
Quand elle me sonne...

Rose jouit pleinement de ces instants de douillette intimité. Le bébé bouge dans son ventre, il commence à être lourd. Après être restée relativement mince, elle s'est épaissie d'un seul coup, ces derniers temps. Pas seulement du ventre, des hanches aussi. Et surtout des seins : ils ont triplé de volume. « Ça me réussit ! » juge-t-elle, chaque fois qu'elle se regarde de profil dans une glace. Et de tirer les épaules en arrière, et de prendre des poses avantageuses afin de mettre en valeur ces mamelles incongrues sur son torse, lui, toujours aussi fluet. « Malheureusement, personne ne s'en rend compte », soupire-t-elle aussitôt, en reprenant sa pose habituelle, dos arqué, poitrine rentrée.

J'étais chien méchant, elle me fait manger
Dans sa menotte
J'avais des dents de loup, je les ai changées
Pour des quenottes...

« Louis ?

– Mmmm.

– On est bien hein ! »

Le gros prend le temps d'avaler sa bouchée.

« Très ! Surtout que Johanna rentre demain : son absence commençait à me peser. »

Le visage de Rose se ferme.

« Tu n'es pas contente de la revoir ? », s'étonne Louis.

Rose avoue que non. Elle signale que, tout de même, un couple, c'est deux personnes, pas trois.

« Johanna est bien gentille, mais tu comprends, j'en ai marre d'entendre parler néerlandais à longueur de journée. Mets-toi à ma place : les conversations me passent au-dessus ! Et d'abord, moi aussi, j'aimerais que tu m'apportes le petit déjeuner au lit : les pistolets chauds, j'en raffole et je n'y ai jamais droit ! En plus...

– En plus ? »

Le ton est sec, cassant. Rose avale sa salive, hésite, puis – à Dieu vat ! – se lance :

« Tout le monde prétend que tu couches avec elle, et moi, j'ai beau savoir que ce n'est pas vrai, ça me vexe ! »

Elle fixe son assiette, en parlant. Intrépide, certes, mais pas au point de vider son sac en regardant Louis dans les yeux. De ce fait, elle ne voit pas son énorme poitrail enfler de colère et ses traits durcir. Le poing qu'il abat sur la table la prend de court.

« Je ne supporte pas que tu parles de Johanna sur ce ton ! Si tu es ici en ce moment, tu le lui dois, je te signale !

– Co... comment ça ?

– C'est elle qui a voulu que tu viennes vivre à l'atelier. « Pauvre petite, avec son gosse on ne sait pas de qui, elle serait mieux près de nous que chez ses vieux ! », voilà ce qu'elle n'arrêtait pas de me répéter ! Elle insistait tellement que j'ai fini par céder, mais si ça n'avait tenu qu'à moi, tu y serais encore, chez tes vieux, figure-toi ! »

Rose encaisse la révélation comme un direct dans l'estomac.

« Je suis sûre que ce n'est pas vrai ! », proteste-t-elle sans conviction.

Louis bondit.

« Tu oses douter de ma parole ?

– Euh... non, non, ce n'est pas ce que j'ai voulu dire... mais si tu m'as permis de venir, c'est que ça te faisait plaisir !

– PLAISIR ? »

Il a un rire féroce.

« Qu'est-ce que tu connais de mon plaisir, pauvre idiote ?

– Ben quand même... toi et moi... »

Le rire augmente, devient énorme. Assourdissant.

« Toi et moi ? Une corvée, oui ! Un pensum ! Tu es mon boulet, Rose, mets-toi ça dans la tête une bonne fois pour toutes ! Il faut te nourrir, supporter tes malaises, tes gémissements, tes exigences, et au lieu de me remercier, tu as encore le toupet de me faire des scènes ! »

Pris d'une de ces colères dont il a le secret, Louis se lève en renversant sa chaise et montre la porte d'un doigt sans appel.

« Ça suffît, maintenant. Allez, ouste !

– Mais..., souffle Rose, interdite.

– Tu m'as entendue ? FOUS LE CAMP !

– Tu... tu me chasses ?

– Exactement ! »

Il est 9 heures du soir. Rose n'a pas un centime en poche et ses parents sont partis pour quelques jours à Liège, chez tante Ida.

« Où veux-tu que j'aille ? baragouine-t-elle.

– C'est le cadet de mes soucis, du moment que tu débarrasses le plancher ! »

Il la pousse sans ménagement vers la porte, décroche son manteau au passage et la jette à la rue.

« Laisse-moi au moins rester jusqu'à demain matin... », supplie-t-elle tandis que la porte claque.

Pour toute réponse, l'écho lointain du disque qui continue de tourner, imperturbable :

Puis un jour elle a pris la clé des champs
En me laissant à l'âme un mal funeste
Et toutes les herbes de la Saint-Jean
N'ont pas pu me guérir de cette pe-este.

L'avenue Victor-Hugo est déserte, à cette heure tardive. Personne à qui demander de l'aide. En plus, avec ce froid, rester immobile équivaut à se changer en bloc de glace. N'ayant d'autre choix, Rose marche droit devant elle, en prenant bien garde de ne pas glisser. Le poids de son ventre perturbe son équilibre. Si, en plus, elle tombait et se pétait une jambe, ce serait le pompon !

« Où je pourrais bien aller ? se demande-t-elle, totalement désemparée. Dans un bar ? Je n'ai même pas de quoi me payer un café... »

Son errance l'amène devant le square, et sur quoi tombe-t-elle ?

La cabine téléphonique.

« Les Müller ! Je vais les appeler ! »

Elle s'élance vers l'appareil, puis se ravise : « Avec quoi ? Je n'ai pas un rond... D'ailleurs, leur numéro est resté dans ma chemise avec celui de l'autre, là, le vieux salopard. »

Aussi sec, les paroles dudit salopard lui reviennent en mémoire. *Si un jour tu décides de le quitter, viens chez moi, tu sais où j'habite.*

Ce serait une solution, évidemment...

La pire !

Certes, mais la seule. A part crever de froid.

« C'est un cas de force majeure ! », tranche Rose en prenant, d'un pas décidé, la direction de Sainte-Gudule.

La route est longue, surtout par ce temps. Ses bottines dérapent sur le verglas, elle frôle la chute à maintes reprises. « Me péter une jambe, ce ne serait pas le plus grave, pense-t-elle avec effroi. Mais si jamais j'abîme mon Grégoire, hein ? S'il naît avec un traumatisme crânien ? » Cette idée lui donne des sueurs froides, ce qui, vu la température ambiante, n'est pas très indiqué. Elle redouble de prudence et, cahin-caha, finit par atteindre le centre-ville aux alentours de minuit.

Le rideau de fer de l'antiquaire est baissé, mais à l'étage au-dessus, de la lumière filtre entre les persiennes. « Ça doit être la fenêtre de sa chambre, en déduit Rose. Il lit, sans doute, avant de dormir. »

Elle sonne. Quelques secondes passent puis le volet s'entrebâille.

« Qu'est-ce que c'est ?

– Rose.

– J'arrive ! »

L'instant d'après, la porte s'ouvre.

« Mon pauvre petit, que se passe-t-il ? Entre vite, tu es gelée ! »

L'antiquaire s'efface devant elle, la débarrasse et, tandis qu'elle lui narre ses malheurs d'une voix entre-coupée, fait couler un bain.

« Plonge vite là-dedans pour te réchauffer ! dit-il, en lui tendant une serviette. Pendant ce temps-là, je vais préparer du thé. »

Ce n'est pas de refus. Chez Louis, comme dans la plupart des vieux immeubles bruxellois, il n'y a pas de salle de bains. On se lave par petits bouts à l'évier de la cuisine. Une baignoire, quel luxe ! Celle-ci est en faïence bleu pâle avec un rideau de plastique trans-parent. Le bain moussant à la lavande parfume agréa-blement l'atmosphère. Rose s'y laisse glisser avec un soupir de volupté.

La chaleur la pénètre jusqu'à l'os.

Un peignoir en tissu-éponge a été posé à son inten-tion sur le porte-serviettes. Elle l'enfile, toute ramollie de bien-être.

« Ça va mieux ? lui crie une voix en provenance de la pièce voisine.

– Oui, beaucoup !

– Viens me rejoindre dans ma chambre, je suis couché ! »

Des tulipes de verre dépoli répandent une douce lumière sur les tables de chevet, dont l'une est chargée d'un plateau. Une théière fumante, un sucrier, deux tasses... M. William, en kimono blanc, se redresse à demi pour servir.

« Dépêche-toi, ça va refroidir...

– Merci, dit Rose, sincère.

– Pas de quoi. Allons ne reste pas debout, viens t'installer près de moi : le lit est assez grand pour deux. »

La peau de Rose se couvre de chair de poule. Elle a un irrépressible mouvement de recul.

« C'est gentil, mais... je préférerais une autre chambre, si vous aviez. Avec mon gros ventre, je suis un peu encombrante, vous comprenez ? Et la proximité de quelqu'un... »

Il hausse un sourcil – celui qui surplombe l'œil marron.

« Je n'ai pas l'intention de te violer, tu sais !

– Oh, ce n'est pas ce que je voulais dire, se récrie Rose. C'est juste une question de place... »

Elle se balance d'une jambe sur l'autre, horriblement gênée. Ce que voyant, il l'emmène dans la pièce voisine – son bureau, en l'occurrence – dont il déplie le canapé convertible.

« Ça te va, comme ça ? »

Rose se confond en remerciements.

« La porte ferme à clé, au cas où tu aurais encore des inquiétudes...

– Mais pas du tout, voyons, qu'allez-vous chercher là ? »

Pour preuve de sa bonne foi, elle la laisse entrouverte, se dit : « Je ne fermerai pas l'œil de la nuit ! » et s'endort instantanément.

Le lendemain, elle se lève à l'aube, va chercher ses vêtements sur la pointe des pieds, et se sauve sans bruit, avant que son hôte se réveille.

Sitôt dans la rue, elle cherche un bureau de poste. Tout est encore fermé. La neige s'est remise à tomber, une vraie tempête, les flocons tourbillonnent dans la bise glaciale. Rose se rencogne sous un porche en attendant 9 heures et, quand le bureau de poste ouvre, elle arrête un passant pour lui demander cinq francs. Attendri par son gros ventre, il lui donne le double :

« Je n'ai pas de monnaie mais ça ne fait rien, vous boirez un café à ma santé. »

Elle remercie, cherche dans le Bottin le numéro des Müller, appelle. Stéphane est déjà au bureau mais Huguette dit : « Bouge pas, je viens te chercher ! » et, une demi-heure plus tard, sa voiture stoppe devant l'estaminet où Rose sirote son café, collée contre le radiateur.

32

Les Müller habitent un pavillon près de la forêt de Soignes, à une quinzaine de kilomètres de Bruxelles. Ils ont un chat, des mouflets et, chez eux, c'est paisible. Trois semaines durant, Rose va se blottir dans cette tanière accueillante, dévorant des BD au coin de la cheminée, parlant peu, dormant beaucoup, avançant sa layette. Et conversant en secret avec Grégoire, dont le remue-ménage lui tient à présent compagnie à toute heure du jour et de la nuit.

Huguette l'a installée dans la chambre de sa fille Cécile, un bout de chou de cinq ans dont Rose s'entiche immédiatement. Alexandre et Nathan, douze et huit ans, lui plaisent aussi, mais un peu moins. Ils sont plus distants – normal, des garçons ! – et ne restent pas, comme leur sœur, l'oreille plaquée à son ventre en attendant que « le bébé toque ».

Une journée parmi d'autres chez les Müller :

7 heures 30, parents et enfants se bousculent devant la porte des cabinets. Cécile trépigne : « Pipi ! Pipi ! » et ses frères l'imitent en rigolant. Ensuite, c'est la ruée vers le bol de céréales, puis Stéphane embarque la marmaille dans sa 2 CV. Après un crochet par l'école,

il se rend directement à son travail. Huguette, elle, reste à la maison. Secrétaire en *free lance*, elle ne s'absente que quelques heures tous les deux ou trois jours, généralement en fin de matinée.

16 heures 30, retour de l'école, goûter, devoirs – auxquels Rose participe de son mieux, faisant répéter tables de multiplication et conjugaisons jusqu'à en avoir le tournis (« A-I-S, Nathan, toujours A-I-S à la deuxième personne de l'imparfait ! »).

18 heures 30, Stéphane rentre. Cris de joie, embrassades, grappes de gosses suspendus au cou et aux épaules. Un baiser discret sur la bouche d'Huguette qui chavire.

19 heures, repas. Tout en maniant couteau et fourchette, les gosses scandent en chœur les chansons des Frères Jacques qui passent en continu sur le magnéto. Le silence ne se fait qu'à l'apparition du dessert : Huguette est la reine de la tarte Tatin et des îles flottantes.

A partir de 20 heures : interminables parties de petits chevaux, mettant aux prises tous les Müller sans exception, y compris Cécile qui ne sait pas compter, mais Rose l'aide.

« C'est de la triche ! protestent ses frères.

– Pas du tout, répond Rose, on est coéquipières, hein, Cécile !

– Bien sûr, affirme la petite fille avec un sérieux de pape, on est *copiquières*, Rose et moi ! »

(Le surnom lui restera quelques jours, mademoiselle Copiquière, avant de prendre place dans la boîte aux souvenirs, avec les mots d'enfants et les photos de vacances.)

21 heures : Cécile embrasse tout le monde y compris le bébé : « Un bisou sur la joue pour Rose, un sur le bidou pour Grégoire. » Stéphane et Huguette, le regard complice, s'enlacent en susurrant : « Nous aussi, on monte, on a sommeil ! – Même pas vrai, pouffent les garçons, vous allez vous faire des gouzi-gouzi ! » Et Rose se pince pour s'assurer qu'elle ne rêve pas, car cette vie de famille incarne pour elle le bonheur parfait.

*
* *

Un après-midi, Rose est seule à la maison avec Huguette. Elles ont décroché les tentures de toile écrue à motifs rouges pour que Rose y répare quelques trous importuns. Manier l'aiguille s'accorde à merveille avec l'état végétatif dans lequel elle se complaît.

« Je ne sais pas comment tu fais pour que la reprise soit invisible, s'extasie Huguette, moi, je n'y arrive pas.

– Ce n'est qu'une question de patience.

– Et d'adresse ! Moi, j'ai deux mains gauches... »

Soudain, une grosse voiture s'arrête devant le pavillon. Huguette rosit, se lève et, dans sa précipitation, renverse la boîte à couture. Epingles, boutons, bobines s'étalent sur la moquette.

« Ne t'en fais pas, dit Rose, je vais tout ramasser ! »

Huguette est déjà sur le pas de la porte, accueillant le conducteur d'un rire chantant.

« Rose, je te présente Philippe, un collègue de travail. Il vient chercher le dossier que j'ai tapé ce matin, ça m'évite le déplacement.

191

– C'est bien aimable de sa part, répond Rose, à quatre pattes.

– Laisse ça, je m'en occuperai plus tard, viens plutôt t'asseoir avec nous. Je prépare du café, tu en veux ?

– Oui, merci. »

Une fois le café bu :

« Rose, peux-tu me rendre un grand service ? Je dois passer rechercher mes escarpins chez le cordonnier, mais il faut qu'on discute boulot, avec Philippe. Tu ne voudrais pas y aller à ma place ?

– Avec plaisir, dit Rose, ça me fera prendre l'air. »

Lorsqu'elle revient, une petite heure plus tard, la maison est silencieuse. Ne voulant surtout pas déranger, elle réchauffe le reste de café, met doucement les Frères Jacques puis reprend son raccommodage. Elle termine lorsque Huguette descend avec Philippe. Ils se disent au revoir, à demain, et le collègue réintègre sa BMW, des documents sous le bras. Puis Huguette vient s'asseoir à côté de Rose, admire la tenture : « Elle est comme neuve ! », et demande, le regard ailleurs : « Rose, sois mignonne, ne parle pas à Stéphane de la visite de cet après-midi. »

Rose promet, un éclair glacé dans le dos.

Le soir, au dîner, il y a des pâtes à la carbonara : les gosses en raffolent. Huguette roucoule comme une colombe. Stéphane, en pleine forme, accumule jeux de mots et contrepèteries. Les Frères Jacques chantent :

A l'enterrement d'une feuille morte,
deux escargots s'en vont,
ils ont la coquille noire,

« En toute objectivité, se dit Rose, la vie des Müller n'est pas si enviable que ça. Leur train-train, c'est d'un monotone ! Moi, je m'embêterais à mourir dans ce trou perdu... Sans parler du fameux « devoir conjugal » : quelle corvée ça doit être, au bout de quelques années ! »

33

Dans le courant de la semaine, le téléphone sonne. C'est Louis. Aphone et larmoyant.

« Ma chérie, ma petite chérie, enfin je te retrouve, gémit-il. J'étais dans une inquiétude, tu ne peux pas savoir ! Johanna a retardé son retour, et moi je suis malade, tout seul, sans personne pour me soigner. Ah, si tu étais là, toi si douce... Reviens s'il te plaît, j'ai très mal à la gorge. »

Un quart d'heure plus tard, Rose est dans le tram qui roule vers Bruxelles. Elle a embrassé les Müller en hâte, ils étaient désolés de la voir repartir : « Rose, il te manipule ! – Non, il a besoin de moi ! », et en fin de soirée, elle débarque avenue Victor-Hugo.

« Comme tu as tardé ! lui dit Louis. Prépare-moi vite à manger et cours à la pharmacie de garde me chercher de l'Aspirine ! »

Pendant deux jours, Rose surveille la température de son gros, lui prépare des grogs et des fumigations, mitonne des petits plats pleins de vitamines et de bonnes soupes bien nourrissantes. Elle lui fait la lecture, lui masse le dos pour éviter les courbatures, tient sa main pendant qu'il dort. Une grande jouissance sereine l'habite. Mais le troisième jour, Johanna télé-phone : « J'arrive ce soir au train de 9 heures. » Alors, vers 5-6 heures, Louis dit à Rose : « Je vais bien, maintenant, rentre chez tes amis. C'est plus confor-table qu'ici, et dans ton état, ça me tranquillise.

— Oh non, s'il te plaît ! proteste Rose. Le confort, je m'en passe très bien, tu sais !

— Tout dépend lequel. Je ne te l'ai pas dit, mais le poêle est en bout de parcours, il peut tomber en panne d'une minute à l'autre.

— Je garderai mon manteau. Et puis, c'est toi qui es malade, pas moi !

— Tu ne sais pas qu'un refroidissement peut avoir des conséquences tragiques, pour ton fœtus ?

— Euh... non...

— Ça tombe sous le sens, pourtant ! Ah là là, l'ins-tinct maternel ne t'étouffe pas, ma pauvre fille !

— Pourquoi tu me dis des méchancetés gratuites ? Mon bébé, j'y pense sans arrêt !

— Mais non, tu ne penses qu'à toi, la preuve ! Oh, et puis cesse donc de discuter, tu me fatigues ! Tu as envie que je fasse une rechute ? »

Une demi-heure plus tard, Rose reprend le tram, tête basse. Et, durant tout le trajet, elle fait, d'un geste machinal, tinter dans sa poche la monnaie que Louis lui a donnée « pour ses frais de retour » – ce qui agace prodigieusement ses voisins.

Une semaine passe. Le gros appelle souvent. A chaque coup de fil, Rose lui demande : « Je peux reve-nir ? – Pas encore, répond-il, le poêle n'est pas réparé.

Et nous avons tellement de travail, en ce moment ! Il vaut mieux que tu te reposes au lieu d'être dans nos pattes ! » Mais, à la longue, elle finit par ébranler sa résistance. Un jour, de guerre lasse, il concède : « Un de ces quatre, tu n'as qu'à profiter de la voiture de Stéphane. Son bureau n'est pas loin, il te déposera en venant et passera te reprendre le soir. » Rose applaudit : « Quelle bonne idée ! Tu trouves toujours les meilleures solutions, mon amour ! » et, le lendemain matin, à 9 heures tapantes, elle débarque, radieuse, avenue Victor-Hugo.

N'est-ce pas trop tôt ? Elle tend l'oreille. Des *porompompero* assourdis lui parviennent. Rassurée, elle sonne.

Puis attend.

Personne ne vient.

Alors, elle se rappelle qu'elle a la clé et ouvre.

Le verrou de l'atelier est mis mais pas celui de la cuisine. Les carreaux vert et jaune ont été remplacés par une vitre dépolie, nettement moins pittoresque mais plus économique.

Rose entre, puis pousse la porte qui donne sur le fond de l'atelier, à gauche du lit.

Et dans ce lit, devinez ce qu'il y a ?

Louis et Johanna qui font l'amour.

Avec un cri de stupeur, Rose referme très vite et se laisse tomber sur une chaise, les jambes flageolantes. Le gros, interrompu au moment crucial, jure, puis saute sur ses pieds et se rue dans la cuisine.

« Rose ? Je ne t'attendais pas aujourd'hui... »

Il veut la prendre dans ses bras, elle le repousse :

« Laisse-moi, tu me dégoûtes ! »

Tout son univers vient de s'écrouler, elle gît sous les décombres.

« Je ne sais pas ce qui m'a pris, dit Louis. Ton absence me pesait trop, j'avais du vague à l'âme. Johanna a voulu me consoler et les choses ont dégénéré... La chair est faible, que veux-tu ? Mais je ne recommencerai plus, je te le jure !

– Tais-toi, tu mens tout le temps ! Et puis va t'habiller, tu es ridicule comme ça ! »

Il reste interloqué. C'est sa Rose, sa petite Rose si humble, si soumise, qui lui parle sur ce ton ?

Elle fait mieux : elle lui tourne le dos et repart, en claquant la porte.

34

C'est terminé, Rose ne veut plus revoir Louis. Jamais. Elle téléphone à ses parents pour leur annoncer la nouvelle.

« Ta chambre t'attend, ma chérie ! s'écrie sa mère.

– Ne bouge pas, ajoute son père, je viens te chercher en voiture. »

Dans la demi-heure qui suit, il est là et remercie chaleureusement les Müller.

« Pas de quoi, dit Stéphane, nous l'aimons bien, votre fille ! C'était comme une grande sœur pour nos enfants !

– Ne pars pas, Rose, pleurniche Cécile.

– Elle reviendra, la console Alexandre. Hein, Rose, que tu reviendras !

– Promis ! dit Rose.

– Avec Grégoire ? », demande Nathan.

Rose l'embrasse en reniflant.

« Tiens, à ce propos, je t'ai préparé des petits vêtements », dit Huguette.

Elle lui tend un sac plastique.

« Oooh, que c'est gentil ! Vous viendrez me voir à la clinique ? »

La voiture démarre dans l'attendrissement général.

Et ce n'est qu'un début! Les retrouvailles avec Mme Vermeer sont bouleversantes.

« Je suis si heureuse d'être grand-mère, si tu savais! », déclare-t-elle, les larmes aux yeux. Ses accents de sincérité ne trompent pas. Malgré son chagrin, Rose apprécie.

Ensemble elles courent les magasins. Mme Vermeer dépense sans compter, la chambre de Rose prend peu à peu des allures de nursery. Il était temps : le huitième mois s'achève.

Berceau, baignoire, table à langer, porte-bébé, talc, lait de toilette « spécial nourrisson », huile d'amandes douces, brassières premier âge, nid d'ange, bonnets, chaussons, rien ne manque. Rose ronronne dans le petit univers de dentelle qui s'érige autour d'elle, estompant sa mémoire, gommant ses souvenirs, annihilant progressivement les sombres attraits du passé. Oh, elle a bien encore, de temps à autre, des crises de désespoir, mais « Tu es en bonne voie de guérison!, affirme sa mère, confiante.

– Oui », dit Rose en essuyant ses larmes. Et elle reprend son tricot.

Mme Vermeer l'a également emmenée chez le gynéco, le premier qu'elle consulte de sa vie. Il l'a examinée : « Ce sera pour fin mars. »

Février se termine.

**

« Tu devrais te confesser, on ne sait jamais ce qui peut arriver, dit Mme Vermeer. Si tu mourais en couches, tu te rends compte, avec la somme de péchés que tu as accumulés depuis un an, comment tu serais reçue, Là-Haut ? »

Rose, qui a envie d'être en paix avec le monde entier, ciel compris, répond : « Pourquoi pas ? Après tout, si ça ne fait pas de bien, ça ne peut pas faire de mal », et, bras dessus, bras dessous, elles se rendent à l'église.

Une chance, il n'y a que la rue à traverser.

Parvenue devant le confessionnal, Rose compare d'un œil suspicieux les deux petites sonnettes : « M. le curé », « M. le vicaire », et appuie résolument sur la seconde. Faire amende honorable nécessite un minimum de sympathie. « Pourvu que celui-là soit moins con que l'autre », se dit-elle en guettant, un peu anxieuse, les pas de l'homme en soutane sur le carrelage sonore de la nef.

La voilà à genoux dans l'ombre. Le clapet s'ouvre sur une forme indistincte, une main la bénit. *In nomine patris, filii et spiritui sancto.*

« Qu'est-ce que je vais bien pouvoir raconter ? panique Rose. Je ne peux quand même pas décrire par le menu ce que me faisait Louis ! C'est beaucoup trop intime, et puis, ça commence à dater, je ne m'en souviens plus très bien. »

Pour gagner du temps, elle récite tout d'une traite la formule consacrée : *Pardonnez-moi, mon père, car j'ai beaucoup péché, par pensée, par parole, par action et par omission*, puis chuchote très vite : « J'ai vécu presque un an avec un homme sans être mariée... »

A son grand soulagement, le prêtre n'exige aucune précision. Il se contente de demander : « Regrettez-vous votre faute ? »

Aïe, le piège ! Si elle répond non, l'absolution lui passe sous le nez, et si elle répond oui, c'est un mensonge éhonté : la seule chose qu'elle ne regrette pas, dans cette affaire, c'est « sa faute », justement. Tout ce qu'il y a eu après, d'accord, elle s'en serait bien passée, mais « ça », quel joli souvenir ! Et surtout, quel joli résultat, n'est-ce pas Grégoire ?

« Je suis sur le point d'accoucher, répond-elle à tout hasard.

— Dans ce cas, dit le prêtre, je ne vous donne pas de pénitence. Le meilleur moyen de vous racheter sera d'élever dignement ce petit chrétien. Maintenant, allez en paix. »

« La formalité a été vite expédiée, se réjouit Rose en regagnant son prie-Dieu. Ce n'était pas si terrible, finalement ! » Et, de soulagement, elle éclate en sanglots. Sa mère lui passe le bras autour du cou, pleure avec elle.

« Ton repentir me bouleverse, ma chérie. C'est le plus beau cadeau que tu m'aies jamais fait !

— Alors, tu ne regrettes plus que je ne sois pas une fausse couche ? », hoquette Rose.

Mme Vermeer feint de ne pas entendre – à moins que, sourde à tout ce qui n'est pas sa victoire, elle n'ait *réellement* pas entendu.

« Je te retrouve aussi pure que le jour de ton baptême ! », se contente-t-elle de murmurer, en extase.

Mi-mars, les Vermeer sont sur le qui-vive. Bébé n'est pas encore en vue, mais ça ne saurait tarder. Un beau matin, le téléphone sonne. Rose décroche. C'est Louis.

« Je t'aime, reviens ! » dit-il.

Rose manque de se trouver mal. Comme elle ne répond pas, il s'empresse d'ajouter :

« Ne t'en fais pas, Johanna n'est plus là. Nous nous sommes disputés et elle m'a quitté définitivement.

– Ce n'est pas ça, gémit Rose, mais je... je vais bientôt accoucher, tout est prêt... Mon berceau...

– On s'en fout de ton berceau, je t'en rachèterai un autre. Tu es ma femme, tu entends, Rose, MA FEMME !

– Et mes parents ?

– On s'en fout aussi de tes parents. Qui préfères-tu, eux ou moi ?

– Toi, bien sûr...

– Alors, je t'attends. »

Un silence, puis :

« Non, Louis, je ne peux pas venir, c'est impossible ! » dit Rose dans un souffle, et elle raccroche.

A partir de là, le téléphone va sonner toutes les heures. Chaque fois que la comtoise du salon marque moins cinq, un « driiiing » impérieux retentit. Rose se bouche les oreilles, ça devient obsessionnel, une guerre des nerfs, et pas moyen de débrancher à cause de la quincaillerie... Louis laisse sonner jusqu'au moment où l'un des deux parents Vermeer dit « Allô », puis raccroche sans un mot. Mais Rose entend son cri muet, oh, qu'elle l'entend ! Il lui perce les tympans ! Au bout de deux jours de ce régime, elle craque. Elle prend le combiné, soupire : « Bon, d'accord » et part, abandonnant layette et berceau.

« N'essayez pas de me retenir, dit-elle à ses parents dans le trente-sixième dessous. Je ne fais pas ça pour moi, mais pour Grégoire. J'ai beaucoup réfléchi, je n'ai pas le droit de le priver de son père ! »

Le gros l'attend sur le seuil. Il lui ouvre les bras, la couvre de caresses. Se met à genoux devant elle et lui embrasse le ventre.

« Je le sens bouger, c'est mon enfant, mon tout petit à moi, bientôt il sera près de son papa, oh, Rose, ma Rose, je n'ai jamais été aussi heureux de ma vie ! »

Mais Rose reste glacée. Hostile. Le revirement tant attendu arrive trop tard. La mort dans l'âme, elle évoque le cocon parental, si conventionnel mais si rassurant, et se demande : « Qu'est-ce que je fiche ici ? » Ce décor qu'elle aimait plus que tout – établi, presse, massicot, table du XVIIIe, vierge espagnole sur la cheminée, fauteuil près du poêle – la révulse, à présent.

« Il est moche, ton atelier, dit-elle.

– Tu as raison, ma chérie, on va tout changer. Donner un coup de peinture, poser de nouveaux rideaux.

Là, on installera une cloison pour que le bébé ait sa chambre, je rachèterai des meubles, M. William a justement un petit coffre en vitrine, un vrai bijou ! L'idéal pour ranger les jouets !

– Oui, approuve Rose sans conviction.

– Notre petit prince aura un palais pour l'accueillir !

– Tant mieux. »

Elle a froid, son dos lui lance, la peau de son ventre est si tendue qu'un simple frôlement suffirait à la rompre, et le bébé qui gigote, gigote...

Et ce gros qui la saoule !

Elle le repousse.

« Laisse-moi, tu me fatigues ! »

Il comprend, s'apitoie, lui apporte un café, des biscuits, hausse le chauffage. Est aux petits soins pour elle comme jamais il ne l'a été pour personne. « Même pour Johanna », pense Rose. Et elle s'aperçoit qu'elle s'en fout.

Une semaine passe. Louis s'occupe de tout, le ménage, les repas, les courses, émaillant ces dernières d'attentions délicates. Tantôt, c'est une brassée de lilas qu'il ramène – les premiers de la saison, sans doute fleuris en serre –, tantôt une pâtisserie, ou des magazines : *Jeune maman, Ma maison* (numéro spécial chambres d'enfants), *Je tricote, Baby-hebdo*, etc. Rose remercie et fait exactement ce qu'on attend d'elle : elle dispose les fleurs dans un vase, mange les gâteaux, lit les revues. Mais dans la plus parfaite indifférence.

Fin mars.

« Louis ?

– Oui, ma chérie.

– Tu as pensé à me retenir une place à la clinique ? »

Il fait la grimace, avoue que non.

« Ça urge, tu sais ! Je peux accoucher d'une seconde à l'autre !

– Justement, à ce propos, il faut que je te parle. »

Il mordille sa moustache d'un air embarrassé.

« La clinique coûte cher... »

Elle fronce les sourcils, se demande où il veut en venir.

« ... et je n'ai plus un sou vaillant.

– Tu n'as pas d'assurance maladie ?

– Penses-tu ! C'est le privilège des fonctionnaires, ça. Moi je suis indépendant, tout est pour ma pomme !

– Et l'emprunt du Crédit Bruxellois ?

– Envolé !

– Qu'est-ce qu'on va faire, alors ? »

D'un pas lourd, il se dirige vers la fenêtre et appuie son front contre la vitre, de sorte que Rose, d'où elle est, ne l'aperçoit plus que de dos.

« Je ne vois qu'une solution, dit-il lentement.

– Laquelle ?

– Dès que tu ressentiras les premières douleurs, tu avertiras tes parents. Tu leur diras que je ne peux pas m'occuper de toi, sous prétexte que je n'ai pas de voiture, par exemple, ou que je suis absent. Je les

205

connais, ils accourront, te prendront en charge... et casqueront ! »

Rose pâlit.

« C'est dégueulasse ! Eux non plus n'ont pas d'assurance maladie, je te signale : ce sont des petits commerçants !

– Des petits commerçants pleins aux as, ouais ! Là, leur fric, ils seront bien obligés de le lâcher... Tu ne voudrais quand même pas que je les plaigne ?

– Enfin, Louis, il s'agit de TON enfant !

– Oui, mais toi, tu es LEUR fille !

– Je suis TA femme, avant tout ! »

Le gros a un sourire très tendre.

« Bien sûr, ma chérie ! D'ailleurs, dès que le bébé sera né, tu reviendras vivre ici. Plus question que je les laisse te mettre le grappin dessus, tu penses ! J'ai eu bien trop peur de te perdre... »

Il se penche vers elle, elle esquive sèchement.

« Fiche-moi la paix !

– Ne fais pas ta mauvaise tête !

– Il n'y a pas de quoi, peut-être ?

– Allons, allons, cesse de t'apitoyer sur ton sort ! Tu n'es pas à plaindre, grands dieux ! Tu as des parents dévoués, un homme qui t'adore, et avec un peu de chance, tu vas nous pondre ton petit œuf pile pour Pâques. C'est pas beau, ça ? »

L'après-midi, Louis va livrer des bouquins. Rose attend qu'il ait tourné le coin de la rue pour se précipiter sur le téléphone.

« Papa ! »

Elle claque des dents.

« Viens me rechercher ! »

Dix minutes plus tard, la voiture est là.

« Je quitte Louis pour de bon, annonce-t-elle, le visage empreint d'une détermination farouche. Mais il faut que tu m'aides, papa. Toute seule, je n'y arriverai pas. Il est très fort, tu sais ! »

Le front du quincaillier se barre d'un pli amer.

« Oh oui, je le sais !

— Si j'ai le moindre contact avec lui, il me refera du chantage affectif et je céderai ! », insiste Rose.

Sa voix se brise.

« Je ne veux pas que mon fils finisse comme Raymond ! A aucun prix, je ne le veux ! Protège-nous de moi, papa, je t'en prie !

— Compte sur moi, ma petite fille. Cet ignoble individu perdra ta trace, je m'y engage. Je t'inscrirai à la clinique sous le nom de jeune fille de ta mère et, sitôt que tu auras accouché, tu iras t'installer chez tante Ida. Il ne connaît pas l'adresse, n'est-ce pas ? »

Rose a un sourire tremblé.

« Non », murmure-t-elle.

A eux deux, ils rassemblent ses affaires, les fourrent dans un sac, les chargent dans la voiture. Puis, tandis que M. Vermeer s'installe au volant, Rose prend place sur le siège-passager, sans lâcher des yeux la façade de l'atelier.

« Efface à jamais ce lieu de ta mémoire, dit doucement son père. Pour ton enfant... pour toi... pour nous... »

Elle hoche la tête, répète d'une voix atone :

« Je l'effacerai, papa, fais-moi confiance... Dé-fi-ni-ti-ve-ment ! », puis, sous le coup d'une impulsion subite, rouvre la portière.

« Attends, j'ai oublié un truc ! »

Elle rentre en courant dans l'immeuble, fonce vers la cuisine. Prend la boîte d'allumettes à côté du réchaud. En craque une. L'approche des rideaux.

Au même instant, interrompant son geste, la première contraction la plie en deux.

Achevé d'imprimer par Novoprint
N° d'édition: 39536
Dépôt légal: novembre, 2003
Imprimé en Espagne